且修一朵岁月禅

琦君 著

北京联合出版公司
Beijing United Publishing Co.,Ltd.

图书在版编目（CIP）数据

且修一朵岁月禅 / 琦君著. — 北京 : 北京联合出版公司, 2017.12

ISBN 978-7-5596-1329-5

Ⅰ. ①且… Ⅱ. ①琦… Ⅲ. ①散文集—中国—当代 Ⅳ. ①I267

中国版本图书馆CIP数据核字（2017）第294208号

著作版权合同登记 图字：01-2017-8048

本书由台北九歌出版社有限公司授权出版

且修一朵岁月禅

作　　者：琦　君

责任编辑：李　征

封面设计：仙境设计

北京联合出版公司出版

（北京市西城区德外大街83号楼9层　100088）

三河市嘉科万达彩色印刷有限公司印刷　新华书店经销

字数170千字　880毫米×1230毫米　1/32　9印张

2018年1月第1版　2018年1月第1次印刷

ISBN 978-7-5596-1329-5

定价：46.00元

本书若有质量问题，请与本公司图书销售中心联系调换。电话：010-82069000

储藏室的门敞开着，瓶瓶罐罐等好吃的东西，也都搬出来摆在走廊下的长桌上，花生糖、芝麻饼、金丝蜜枣、糖莲子，还有整大缸瓯柑，我和肫肝叔叔可以大显身手，趁火打劫。

从我们满堂灯火中，忽然进入她那儿，觉得格外幽暗，我看见灶下柴仓边坐着一位老公公，捏着旱烟管，呼嘟嘟地吸，吸完了在泥地上咯咯地敲，敲了装上烟再吸。

小时候，我无论对什么花，都不懂得欣赏。尽管父亲指指点点地告诉我，这是凌霄花，这是叮咚花，这是木碧花……

目 录

第一章

回忆儿时故乡

contents

第二章
怀念人

第三章

关于读书、文化

contents

第四章
人生与生命感悟

第一章 回忆儿时故乡

我真懊恼，来台湾竟没有保留一块银圆，我已记不得十块银圆叠起来有多高，五十块有多高。

压岁钱

又要分压岁钱了。我把一张张崭新的十元新台币装进红封套，生活水准愈来愈高，十元、五十元、一百元捏在手里都一样是轻飘飘的，哪里像我们小时候，爸爸妈妈各给一块亮晶晶、沉甸甸的大洋钱，外公给十二枚银角子——也就是一块银圆。外公说十二枚银角子比一块银圆分量重，所以他总是给我银角子。洋钱、角子一起收在肚兜里，走一步，双脚跳一下，叮叮当当直响，好开心啊！晚上睡觉的时候，母亲才把它取出来，收在一个和合双仙的绣荷包里，绣荷包装不下了，就收在母亲的珠红雕花首饰盒里。收着收着，就不记得有多少了。到明年，打开首饰盒，一块洋钱也没有了，母亲说替我存入银行了，供我长大上外面读书。那日子还远得很，我只要母亲给我肚兜里留几块洋钱与角子买鞭炮就够了。

我真懊恼，来台湾竟没有保留一块银圆，我已记不得十块银圆叠起来有多高，五十块有多高。只记得父亲说的，他从故乡赶旱路到杭州读书，草鞋夹在胁下，口袋里只两块银圆，是曾祖父卖了半亩田给他当盘缠的。他已是同伴中最富有的一个了。可见银圆对大人们来说，是多么有分量的一笔财产；对孩子们来说，也是多么神通广大的一样玩意儿呢！

外公不但在大年初一给我银角子，整个正月里，他老给。比如我替他通旱烟管，通一次就是一枚银角子，装一次烟是一个铜板。外公常常讲一些陈年故事，讲了又讲，我都听厌了，我说："外公，我听一遍，你得给我一个铜板。"外公连说好，于是我就黏着他赚钱。我有个在城里念女子中学的四姑，她会用五彩毛线钩手提袋。她给我钩了个小钱包，分两层，一层放角子，一层放铜板。有一天，大门口叫卖桂花糕、烂脚糖（四四方方，当中圆圆一块黑豆沙像膏药，乡下人叫它烂脚糖）的来了。我正牵着小表弟在玩，为了表示做姐姐的慷慨，我掏出毛线钱包，取出一个铜板，给他买了一块桂花糕，他却嚷着要吃烂脚糖，烂脚糖得两个铜板，我有点儿舍不得，正犹疑着，我怕得像老虎似的二妈从大门口进来了，我赶紧把钱包收在口袋里，牵着小表弟就走。小表弟吃不成烂脚糖就大哭起来，二妈走过来，伸手在我口袋里拿出钱包说："哪儿来的钱？"我说："是外公给的压岁钱。"她说："压岁钱怎么会是铜板？还有，你怎么可以自己买东西吃？你爸爸不是告诉你不许吗？"她把钱包塞在狐皮手笼里，转身走了。这回大哭的是我，因为小表弟已经吓呆了。我抽抽噎噎地把详情告诉了外公和母亲，母亲抿紧了嘴一声不响，眼中噙着泪水，外公喷着烟，仍旧笑嘻嘻的。我既心疼角子、铜板被没收，还有一股受辱的气愤，却不知母亲心里是什么滋味。半晌外公敲着烟筒说："小春，别懊恼，她拿去就拿去，你会赚，给我端碗红枣桂圆汤来，我再给你一大枚。"我委委屈屈地说："她不该不相信我的钱是您和妈给的。"外公说："她哪儿不相信？她相信的，只因她自己没有女儿，没有压岁钱好给，心里不快乐就是了。"从那以后，我总是老远躲着二妈，不让她看见我开心的样子。我却是纳闷，她没有女儿好给压岁钱，为什么不给我呢？这个疑问，直到十几年后我长大了才想通。到我不再盼望压岁钱的时候，二妈却每年笑吟吟地给我五块银圆。我不得不接下来，接下来说声："恭喜新年。"心里却是凄凄冷冷的，一点新年的欢乐感觉都没有。若是她在我小时候，不没收我的毛线钱包，或是高高兴兴地拿两个铜板买一块烂脚糖给小表弟吃，我将会多么快乐，多么喜欢她。

我有一个小叔叔，吊儿郎当，却是我的好朋友。他比我大好多岁，我把他佩服得不得了。外公也夸他聪明，只是不学好。比如他喜欢吃鸭肫肝，母亲给他偏不要，背地里却去储藏室偷，一偷就是一大串，起码四五个。有时还加一只香喷喷的酱鸭。坐在后门外矮墙边，拿柴火边烤边吃，还叫我替他偷父亲的加利克香烟。叔婆疼我，大年初一，我给她磕头拜年，她从贴肉肚兜里掏出蓝布包，打开一层又一层，拿起一块洋钱递给我说："喏，给你买鞭炮。"母亲不准我拿叔婆的辛苦钱，可是小叔在她后面做鬼脸要我拿，我伸伸舌头收下了。叔婆一走开，小叔叔就说："我教你一套新戏法，你把一块钱给我。"我马上就给他了，他教了我一套洋火梗折断了又还原的戏法。他拿了洋钱，去了半天回来又对我说："再借我一块钱，我去捞赌本，赢了加倍还你。"我口袋里只放两块洋钱，借了他一块，只一块独自就不会叮叮当当地响了。我打算不借他，他说不跟我滚铜子儿玩，不陪我看庙戏了，没奈何我又借了他。第二天他回来对我摊摊手说："运气不来，以后再还你。"却从口袋里摸出个大橘子给我，说是庙里供菩萨偷来的，吃了长命百岁。我把橘子使劲扔进水沟里，又把剩下的一块洋钱和一些角子统统抓出来，捧到他鼻子尖前面，大声地说："你拿去赌，把它统统输光好了，就赌这一次，永远别再赌了！"他吃惊地望着我说："小春，你生我的气了。"我说："我气你，叔婆也气你，我外公和妈都要不喜欢你了，你老做坏事情。”他坐在台阶上，从泥地上捡起一片烂叶子说：“我就像这片烂叶子，飘掉了，树上也看不出少了一片叶子。”我说：“你为什么不做长在树上的青叶子呢？”他望了我半晌说：“好，你就再借我一块钱，我去还了赌债，从此不赌了。”他拿了我的钱，十分有决心地走了。可是一去四五天不见，直等有一天长工把他背回来，他的脖子挂在长工肩膀上荡来荡去，像一只宰掉的鸭子，醉得一点知觉没有。叔婆见了他哭，我也哭。我不是心痛压岁钱，而是心痛他说了话不算数。从那以后，他再对我自怨自艾、赌咒发誓，我都不信了。后来我去了杭州，寒假回家，看见他还是那副吊儿郎当的样子。彼此都长大了，距离也远了，好像没什么话好谈。他给我提来一篓红红的橘子。我问他都干些什么，他说给人打点零工，写写春联。他凄惨地笑了一笑说：“你出门读书以后，我就没处儿捞压岁钱了。”我听了心情黯然，却又找不出话安慰他，他又叹息地说，“我终归是一片烂叶子，谁也没法把它粘回树上了。”

母亲的一个朋友，我喊她二干娘。她排行第二，三十岁还没结婚，所以大家背地里都喊她三十头。母亲却非常敬重她，说她孝顺、俭省、勤恳。为了风瘫的父亲，宁可让姐妹们一个个都结婚了，自己终身不嫁，当护士挣钱侍候老人。她真是好俭省，热天里老是一件淡蓝竹布单衫，冷天里老是一件藏青哔叽旗袍，头上戴一顶黑丝绒帽子，把个鼓鼓的发髻包在里面，看去好老气。

可是她长得细皮嫩肉的，眉毛好长好长，眼睛很亮，见了人总是笑眯眯的。我很喜欢她。她每年新年来拜年，总是给我一块银圆压岁钱。可是有一年，她只给了我一包用花纸包着的糖，没有马上摸出压岁钱来。我特地给她摇摇晃晃地端上一碗红枣莲子汤，她用小银匙挑了一粒莲子，放在嘴里，然后打开扁扁的黑皮包，取出手帕来抹了下嘴角，还是没有拿出压岁钱来。我靠在母亲身边，眼巴巴地望着她，对于一包糖，我是不够满足的。坐了一会儿，她起身告辞了，我忍不住跟母亲说："妈，她还没给我压岁钱呢。"母亲使劲拧了我一把，她却仍是笑嘻嘻的，好像没听见。等她走出大门，我不由得喊了她一声："三十头，小气鬼！"

很多年后，有一个正月，她来我家，还是那件藏青哔叽旗袍，一顶灰扑扑的绒线帽子，压到长眉毛边，帽檐下露出几绺稀疏的白发。"三十头"已老了好多好多，她不再细皮嫩肉，两颊瘦削，眼睛也不那么亮了。她见了我，紧紧捏着我的手，问长问短。她告诉我老父已经去世好几年，她仍没有结婚，却领了妹妹一个孩子来养，伴伴老境。可是最近病了一大场，把为孩子积蓄的学费全病光了，说到这里，她忽然停住了，半晌又叹一口气说："可惜你母亲不在杭州。"她打开扁扁的皮包，取出手帕擦眼睛。我想起自己小时候骂她"三十头，小气鬼"的事，不由得坐到她身边，亲切地说："二干娘，你别心焦，我有点压岁钱，先给你，我再写信请妈寄钱给你。"她抬起婆娑的泪眼望着我说："你太好心了，可是我不能借你孩子的钱，我还是另外去想办法吧！”我已三步两脚上了楼，捧出我的福建漆保险箱，把全部几十块银圆都取出来，用手帕包好，下楼来递给了她。她犹豫了好一阵子，却只取了一半说：“这就差不多了。”她又凄然一笑说，“你小时候，我都没有年年给你压岁钱，现在反而借用你的压岁钱了。你真像你妈，有一颗好心。祝福你妈和你都有好福气！”听了她的话，不知怎的，心里一阵酸楚。想起母亲常常叹自己命苦。她现在远在故乡，过着孤寂的乡居生活，我又为学业不能回去陪伴她，她能算是有福气吗？心里想念母亲，不由得紧紧捏着二干娘的手，牵着她走出大门，灰蒙蒙的天空已飘起雪来。她把帽檐压得更低，拉起旧围巾把身子裹得紧紧的，眼圈红红地望着我说：“给你妈写信时，说我好想念她。”她低下头，伛偻着身子走了。雪天的长街好宽阔、好冷清。雪花大朵大朵地飘落在她的黑绒帽上、旧围巾上，她一步步蹒跚地向前走去。前面的路还有多长呢？这样冷的天，她连大衣都不穿，在寒风中挣扎。她侍奉完了长辈，再抚育小辈，一生都不曾为自己打算。她好像就没有少女时代，一开始就被喊作三十头。三十、四十只是转瞬之间，她已经老了。她老了，我母亲也老了。而我这个只知道讨压岁钱的傻丫头却长大了。我摸摸口袋里剩下的银圆，叮叮当当地发出柔和而凄清之音。童年的岁月，离我很远很远了。

现在，孩子向我讨压岁钱，我给他两张十元新台币，他满足地笑一笑，蹦跳着去买鞭炮了。而我呢？我但愿有一位长辈，给我一块亮晶晶、沉甸甸的银洋钱或几枚银角子，让我再听听叮当的撞击之音。

九月晚谷收成时所酿的新酒，到腊月开缸，只要闻到一阵阵新酒的香味，就知道第一件大事要办，那就是宰猪。

春节忆儿时

宰猪

我的故乡，是浙江永嘉县的瞿溪乡，童年时代，都在乡间度过，在我的记忆中，每年到了天主教堂的白姑娘（故乡对修女的称呼）忙外国冬至（圣诞节）的时候，就是家家户户忙农历新年的开始了。

九月晚谷收成时所酿的新酒，到腊月开缸，只要闻到一阵阵新酒的香味，就知道第一件大事要办，那就是宰猪。我家每年要宰两头猪。宰猪的日子愈近，母亲的心情愈沉重，而这件大事，又非办不可，因为用自己家养的猪，祭天地、财神、祖先，是表示最大的敬意。于是在三天前，母亲就吃斋念佛，以减轻“罪孽”。

我呢，也在三天前就开始兴奋，等待那一幕又想看又不敢看的情景来临。最奇怪的是猪圈里两头又肥又壮的猪，也从三天前就胃口大减，愈来愈吃得少，到了当天，竟绝食了。平时，都是母亲或阿荣伯送猪饲，我跟在后面，看它们啪嗒啪嗒地吃得好香，阿荣伯有时还伸进手去拍拍它们的头顶，拉拉它们的肥耳朵，它们也会用湿漉漉的鼻子友善地碰碰他的手背。可是到最后一天，母亲和阿荣伯都不忍心进去了。据女佣说，香喷喷的饲料倾在猪槽里，它们只是无精打采地躺着，连头都不抬一下呢。

宰猪都在清晨三四点钟，屠夫是早已约定的，母亲半夜里就起来烧水，把门窗关得紧紧的，不让我听到猪的惨叫声。等我从睡梦中完全清醒过来，偷偷赶到后院时，两头猪已被吹得跟大象一样，毛都快刮干净了。它们紧闭着眼睛，在热汤大木桶里，四脚朝天地躺着，任由长工摆布。我走过猪圈看看是空的，心里很难过，看厨房里忙碌的母亲，嘴里喃喃地念着“往生咒”，以超度“猪魂”。我也跟着念起来，仿佛念过咒，再吃它们的肉，就算对得起它们了。童稚无知，哪里懂得世间事无法避免矛盾。逢年过节，哪得不杀生？母亲终年辛苦，饲养的猪、鸡、鸭，平时那样关心它们，连一条米虫都要摇摇摆摆地送给鸡啄。而到了年关，决定那天杀它们的还是她。全家大小，除了她，都是闻其声而食其肉。她只好以上天注定畜类供人类享受，杀了它们反得转世为人以自慰了。

大户人家的猪肉，都留作自己吃，腌肉、酱肉、卤肉不一而足。

而穷人的一头猪，往往只够还债务，债务多的，在宰猪的当时，债主们就群集现场，叉着双手等待宰割猪肉抵债。一会儿就被瓜分无遗，连给孩子们留副猪心、猪肝都办不到。因为如果欠人五块银圆，一年里连本带利，就几乎抬走半头猪。所以有人向母亲借钱，母亲从不要他们还，相反，还分别送几斤上好猪肉给他们，点缀年景，她真是做到“对贫苦亲邻，须加温恤”的程度。而邻居也都纷纷送来整篮鲜红的大吉（橘子和柑）或新鲜的鸡蛋，以报答好意，倒是给新年增添了一片欢乐祥和气氛。

猪肉一刀刀地挂满两厢房的廊檐下。此外更有一两百只的酱鸭和连串的鸭肫肝，以备平时款客和父亲吟诗下酒之用。我的一位堂房叔叔，时常偷了鸭肫肝生啃，阿荣伯每天数数都少一个，就对他警告。堂叔说他把肫肝当念佛珠，每天点一个肫肝念一句阿弥陀佛，并没有吃它。说肫肝已化去，鸭子的灵魂被超度了。他淘气捣蛋，是新年里最活跃的人物，我们都喊他肫肝叔叔。

掸尘

“掸尘”是非常文雅的家乡土话，就是春节的大扫除。这项节目，我也非常感兴趣。因为平时许许多多的东西，都收在不知什么地方，这时全搬出放在天井里，彻底洗涤，我就在当中跨过来跨过去，摸摸碰碰，问这是什么、那是什么。储藏室的门敞开着，瓶瓶罐罐等好吃的东西，也都搬出来摆在走廊下的长桌上，花生糖、芝麻饼、金丝蜜枣、糖莲子，还有整大缸瓯柑，我和肫肝叔叔可以大显身手，趁火打劫。加以家庭教师已给我们放假，到正月初八迎神庙戏以后才开课，我们心里无牵无挂，可以敞开吃、敞开玩。肫肝叔叔连刚开缸的新酒都会舀出来喝。我呢，吃够了就在母亲身边绕来绕去，给她越帮越忙。母亲非常仔细，每样东西，都要亲自检点，放回原处，取用时才顺手。她一边谨慎小心地捧着碗碟等放进橱中，一边嘴里不停地念“瓶瓶碗碗、瓶瓶碗碗”，就是“平平安安、平平安安”的意思，家乡话“安”“碗”同音。如果油、盐、酱、醋用完了，她绝不说“完了”或“没有”二字，她一定说“用好了”或“不有了”。而把“好”字和“有”字的声音，提得好高，拉得很长，表示样样都有，事事美好。数数遇到“四”，一定说“两双”，绝不说“四”，因为声音不好听。这时候，抽着旱烟管晒晒暖（晒太阳）的外公，就用微微颤抖的手，剪出大红元宝、金元宝，贴在厨房门上、碗橱上。碗橱门洗刷以后，金色“卍”字显出来，贴上了红元宝格外地亮。到处红、到处亮，一片热闹的新年气象，新年马上要来了。

捣糖糕

紧接着是做年糕，我家乡称为“捣糖糕”。米粉在蒸笼中蒸透以后，加红糖在石臼里捣得糖色均匀，并有了弹性，然后用长方雕花模型压成一条条朝笏似的长年糕，一排排叠得高高的，以备正月里送礼请客之需。长工们做年糕，阿荣伯就捏元宝，大大小小的元宝捏了无数个。捏一个最大的（有米斗那么大），再以红绒线串了一百个子孙钱（崭新发亮的铜钱）套在上面，摆在大厅靠屏风的琴桌正中。其他的元宝，由大而小，九个一叠，九九生财，摆在灶脊上、谷仓里，由我帮着去摆。这时，母亲在厨房里蒸松糕，一层猪油，一层红枣，一层红糖，好甜好香，我一手松糕，一手糖糕，这边一口，那边一口，阿荣伯做好了元宝，又给我捏一个关公、一个张飞。我在厨房与走廊之间，大人们的缝儿里钻来钻去，我告诉阿荣伯说我都快乐得要裂开来了。

最后的一笼，是“富贵年糕”。那是专门给叫花子的。在一般人家，富贵年糕，至多蒸一笼，糖加得少，米粉也较粗。母亲总是让他们做两笼，而且是同样多的糖，同样细的米粉。她说一年一次是难得的。富贵年糕，只有一部分用模型压的给叫花头，其余的只搓成圆筒筒，再切成一段段，计口授粮，不论男女老幼，每人一段。从初一到初五，叫花子全家出动，背上背一个，怀里抱一个，手上再牵一个，成群结队而至。前门讨了，转到后门又来讨。一年到头是这几张熟面孔，阿荣伯都认得，我也有好多认得。他们满口的：“大老爷、太太、大小姐，加福加寿，多子多孙，一钱不落虚空地，明里去了暗里来，高升点，年糕多给一块，高升点。”就跟唱流水板似的。阿荣伯想不重给也不好意思。他们还会说：“阿荣伯，你做的年糕比哪一家大户人家的都细、都甜。”阿荣伯更乐了，谁不喜欢戴高帽子呢。阿荣伯说，叫花头告诉他，他们新年里讨来的年糕，总有好几大箩，吃不完都卖出去。只有我们潘宅讨去的年糕，不偷工减料，是一定存着自己慢慢吃的。阿荣伯最后总是高兴地说：“这是老爷、太太积德。”那些年富力壮的男女，五官完整，却是一代传一代地以乞讨为常业，这种恶习，不能不说是被村子里乐善好施的大户人家所养成。在当时好心的母亲是相信善有善报，在父亲来说，是中年人心灵上的一点补偿。我呢，只觉得做叫花多么自由自在，多么好玩，起码不必读书了。如今想起那些被背在背上日晒风吹的婴儿和光着脚板整天东奔西跑的，和我差不多年龄的孩子，他们何以被注定当叫花？乡民们有这种善心，为什么不捐钱办乡村小学，办收容所呢？

祭灶

掸完了尘，捣好了糖糕，就是二十四夜送灶神爷。厨房里菜油灯剔得亮亮的，抹得干干净净的大锅灶上，摆上了鸡鸭鱼肉、糖果年糕。点上香烛，祭拜以后，即将满是烟尘的灶神火化，送他上天传好事，下地降吉祥。据说灶神爷最富人情味，吃了一顿好的，在玉皇大帝面前就只是隐恶扬善。在我的记忆中，并没有拿糖粘住他的嘴或贴住他的眼的恶霸行为。我想既已升作神祇，至少高了人类一等，总不会像人类那么现实，也不能由得人类这般摆布吧。

送灶神既是个小小的典礼，也是一个序幕，从此以后，就一天天更进入年景了。

分岁酒

大除夕的下午，年景已进入高潮。大厅里红木桌和太师椅，都扎上大红缎盘金和合双仙的桌披、椅披。一对凤凰、一对双龙戏珠的锡烛台，一字儿排开，正中是狮子捧仙球的锡檀香炉。香烟从张开的狮子口和镂空的圆球中喷出来。整个大厅都是芬芳的檀香味。一大一小两对蜡烛，要等父亲主祭天地和祖先时才点上。我和族里兄弟姐妹都一个个穿上新衣。父亲回来以后，给我带来一件粉红缎圆角棉袄和一条水绿华丝葛裙子。我穿上了，就在桌披下面钻进钻出，演花旦，当新娘。姐妹们都好羡慕我。前廊里亮起了煤气灯，发出呼呼的声音，格外令人兴奋。到处金光闪闪，我也金光闪闪。我又要开心得裂开来了，阿荣伯说的。不一会儿，从厨房里端出大碗大碗热腾腾的菜。整鸡（基业稳固），猪头鼻梁上横着尾巴（有头有尾），整鱼（年年有余），豆芽（年年如意），红糖莲子（子孙满堂），甘蔗（节节高），藕（路路通），橘子（大吉），柑（升官），阿荣伯样样说得出名堂。色色俱备之后，父亲燃上香烛，带领全家跪拜，先祭天地，谢神灵，后祭祖先。父亲一脸的崇敬，我们孩子也鸦雀无声。祭拜完毕，洒一杯酒在地上，然后烧驸马和金银纸钱。百子炮（鞭炮）一开始响，顿时就热闹起来。百子炮愈长，放的时间愈久，表示这家愈富裕、愈兴旺。长工从二楼上的栏槛外挑起竹竿，几丈长的百子炮垂下来，噼噼啪啪一直响个不停。父亲的脸上露出欣慰、满足的笑容。他坐在太师椅里，我们围上去团团拜下。他从黑缎马褂的暗口袋里，抽出红封袋，每人一封，一律两块银大洋。这时附近邻居的孩子，听到鞭炮声全都来了，女孩子大部分已穿上鞋子，男孩子仍都是光脚板，他们是来等放完鞭炮，在天井里捡没有燃过的小炮。他们看大堂上灯烛辉煌，满桌的菜肴冒着腾腾热气，一个个都张开嘴看呆了。父亲一高兴起来，叫母亲再捧出一叠银大洋、一叠红封套，每人一块分给他们。阿荣伯生怕越聚越多，就把风水门（大门）关上，带着他们从边门出去。我望着父亲满面红光，小小的心灵感染了一分骄傲，也替得到一块银大洋的小朋友们感到快乐。因为他们的父母，是再也不会给他们一块银洋钱做压岁钱的。我的两块银洋钱，在口袋里叮叮当当地响。坐在母亲身边，开始吃分岁酒了：鸡、鸭、肉，除了鱼，每样都得吃到。饭碗里必定要剩两粒饭，不能“吃光”。一对红蜡烛放在饭桌上，表示祖宗分给我们一人一岁，母亲说：“又长一岁了，要乖哟。”

吃好分岁酒，阿荣伯捧出一个米筛，装着切成一段段的生红薯，用香梗当签子，叫我帮着插上小红烛，点了在长廊上每五六步摆一盏。楼上楼下、前后厢房、厨房、谷仓，到处都摆了。母亲在灯盏里加了满满的菜油，于是煤气灯、洋油灯、菜油灯、蜡烛灯，处处一片光明，憩坐室正中的炭炉也烧得旺旺的，年纪大的围着取暖、谈天。年纪轻的开始撒状元红、推牌九。我们孩子就在缝儿里挤。哪个赢就向哪个吃红一大枚，父亲平时很严肃，只有过年时总是笑嘻嘻的。大家尽情欢乐，因为守岁一直要过子夜。到了一点钟，一声爆竹，除旧迎新，又是一年的开始。

那一种彩色缤纷的情景，至今萦绕心头。可是另有一幅情景，也使我永志难忘。有一个除夕，我趁大人不注意，从边门溜到邻居阿芸家玩。厨房里只点一盏菜油灯，一对小小的蜡烛。从我们满堂灯火中，忽然进入她那儿，觉得格外幽暗，我看见灶下柴仓边坐着一位老公公，捏着旱烟管，呼嘟嘟地吸，吸完了在泥地上咯咯地敲，敲了装上烟再吸。脸板板的没有笑。我问阿芸："他是你外公吗？"阿芸说："才不是呢，他是来讨债的，我们欠他八块钱，宰了猪还他五块，还欠三块，他就坐着不走。"我问她："你爸呢？"她说："上外面赌钱了。"我心里好难过，摸摸身边有好几块银圆，摸出三块说："给你妈先还他好吗？"阿芸生气地把我的手一推说："我不要，妈妈也不要。你放心，过了半夜，他自会走的。"回来以后，我告诉母亲，母亲说："阿芸的妈是不肯白拿人钱的，等过了初五，我请她帮忙做点针线，多算点工钱给她，她才要的。”第二天初一，我又去阿芸家，又看见那位老公公，还对阿芸的妈说恭喜发财。尽管大年夜追债追得凶，初一仍是见了面笑嘻嘻的，阿芸的妈泡了碗橄榄糖茶给他喝，他喝了糖茶，两个指头把橄榄一夹，捏在手心里就喷着旱烟走了，因为橄榄就是元宝，他一定要的。

拜年

年初一，可以比平时多睡一个时辰，不必天没亮就起来煮饭，因为饭、菜都是现成的，初一不煮饭，不用刀、剪子、针，也不扫地，因为它们一年辛苦，也要休息一天。初一也不点灯，一家人早早吃了晚饭，天没黑都睡了。

初二才开始拜年。这是我的一项重要任务。每回都是阿荣伯提着满篮的大红蓬包——红纸衬着粗草纸，包成长七寸、宽五寸梯形的纸包，包的是红枣、莲子、桂圆、松糖等，种类、分量各有不同，看对象的尊卑、亲疏决定。每包至多不会超过银圆四角。每家放一个，是一种象征性的礼物，惠而不费，倒也颇有意思。我去拜年时，他们给我的是瓯柑、炒米花、花生糖等，也是一大篮满载而归，可以和小朋友痛快地吃。

我家长桌上总是排着好多红纸包，肫肝叔叔时常从纸包缝中伸进两个手指头，夹出糖果吃了，吃得空空的，塞进一些小石子，被母亲发觉了，只是训斥他一顿，也不告诉父亲。

迎神提灯

五天年满了，只隔一天，又掀起第二个高潮，那就是初七、初八两天的迎神和庙戏。我们乡里有两座具有传奇性的神殿，称为上殿和下殿。相传唐朝的忠臣颜真卿和他的弟弟，均被奸臣所害，天帝封他们分别在我乡的两个村庄“上河乡”“下河乡”为神，因此称上殿、下殿。两人都曾讨“安史之乱”，颜真卿是讨贼有功，后来被叛臣李希烈所杀害。颜杲卿是讨贼不屈而死。但他们都未曾当过永嘉太守，不知何以会被天帝封在永嘉县的小小瞿溪乡为神。想来可能是安史乱兵曾骚扰过永嘉县，我们祖先为了感激这两位忠臣和对他们的敬仰，筑殿祭祀崇拜。并且还传说两兄弟曾礼让一番，哥哥愿居下殿，把人口较多、市面较繁荣的上殿让给弟弟，弟弟执意不肯，依年龄尊卑应居下殿。最后哥哥决定每年新年，哥哥先去拜弟弟的年，因此乡民有一句“瞿溪没情理，阿哥拜阿弟”的话。每年正月初七，在夜戏开锣以前，先将上殿神恭恭敬敬地抬到下殿，给弟弟拜年，看完二出戏，才接回来。初八夜是下殿神来上殿回拜哥哥，也是看完三出戏接回去。乡民们以十二万分虔诚崇敬的态度，举办这场大典。上河乡、下河乡的乡长，在头年腊月就开始忙碌筹备，向地方上募款，办祭奠，添购殿宇中的装饰。二位神像的冠带蟒袍，每三五年必须换全新的，神龛也刷得金碧辉煌。迎神时的鼓手、乐队都是镇民自愿参加，提灯、举火把风烛的（丰足之意），有的是雇来的乞丐，有的是乡民子弟的志愿军，或因求神祇保佑健康，许下心愿，此时来祭拜还愿提灯。如果一年来风调雨顺，五谷丰登，为表示感激和快乐，就加上马队。马匹由城里租来，黑、白、棕各色均有，上面坐着画了脸谱的少年（亦是志愿军或雇来的），看去像戏台上的强盗，故亦称马盗。马盗的衣着愈新，马匹愈壮，队数愈多，表示这一乡愈富裕。神殿正中，摆上三牲福礼等整猪、整鸡鸭、面和糖糕，香烛灯火辉煌，映照得白发的主祭乡长红光满面，喜溢眉宇。神像的銮驾自殿门抬出，前面是两位扮得高及一丈的开路神，摇摇摆摆地开路，接着是旌旗、乐队，管弦丝竹，奏着严肃的调子，然后是风烛火把、锣鼓马盗和香案。这才是端坐着神像的銮驾，銮驾后再是风烛火把和锣鼓。偌长的迎神队伍，从热闹的街心穿过。街上好多路祭，是生意兴隆的商家所摆，鞭炮之声，不绝于耳，他们一则表示感谢，二则也是炫耀财富之意。从长街转到山路和田野，原来一片静谧的田野，顿时开出了火树银花，天空也照耀得一片通红。不管是晴朗或风雪漫天，他们的情绪都是一样兴奋。风烛火把都烧得旺旺的，绝不会被熄灭，两旁放鞭炮的，往往把鞭炮挑近神座边去放，或是把燃着的小炮扔到神像的膝盖上，据说神佛显出神通，蟒袍不致着火。如此浩浩荡荡地迎到下殿拜年，第二晚下殿神也同样浩浩荡荡地迎来上殿。这般的盛况，无论大人小孩，都争先恐后地去享受这份热闹。我们女孩只能在迎神队后面追随，跑一小段路后，就回到殿里看戏。殿宇的两厢回廊，早已排满了长凳，都是各家抢好的包厢，用草绳扎在栏杆或大柱上。外公赶第一出戏就坐在那儿看了。我倚在他身边，看四四方方的戏台上，演的都是连台好戏，虽不懂却好看，因新春开锣戏订的是最好戏班，行头崭新，演员也是最有功夫的，评剧、昆曲、弹词各种班子不一定。因包银高，故演来非常卖力。记得有一次演的是《封神榜》，小小的舞台上，挤满了和尚、道士和假扮的青牛、大象，好不热闹。我问外公哪边是好人，哪边是坏人，哪边会把哪边杀掉，外公总是说，有时好人也会被坏人杀掉，但是好人死了一定当神仙，就跟我们的上殿神、下殿神一样。台上看够了，就看台下，天井里黑压压的全是年轻小伙子，不时大声喝彩。有的年轻人却不时回头向两边包厢里打扮得花枝招展的姑娘瞄过来。姑娘们一个个费尽心思，争奇斗艳，别说是他们，连七八岁的我都看呆了，她们梳得油光乌亮的辫子都扎上五彩丝线，讲究的还夹入闪亮的金丝，各色绣花或织锦的缎袄，缀穗子的华丝葛曳地长裙，更稀奇的是，她们短袄琵琶襟的扣子，竟是五彩小电珠子，电池放在口袋里，以手控制闪光，和神像金魁上的电珠相辉映，看得我实在羡慕。刚结婚的少妇们都是满头珠翠，擦得浓浓的脂粉，手上金镯、手表，戒指有多到八个的，总之所有的财富，全穿戴在身上了。还有已订婚的十五六岁少女，被挤在人丛中的儿郎（未婚夫）盯得低下头，既羞涩，又兴奋，胆子大的也会偷偷回望他几眼，一颗心已经不在戏文上了。

三出戏完，下殿神要回去，上殿神起身相送，銮驾一前一后，抬到殿门口，相对一鞠躬而别。做得惟妙惟肖，把两尊“泥塑木雕”的菩萨，完全人格化了。不由得使人对古圣先贤，肃然起无限敬仰之意。典礼完毕之后，祭物一部分由设祭者自己取回，一部分由乡长分配，散发给贫苦的村民享受，这一切都处理得井井有条、公平合理，也显得上河乡、下河乡两村村民至诚团结、和睦互助的精神。乡间民风的淳厚，也于此可见了。

在我的记忆中，留下最深刻印象的，还是典礼结束，戏文散后，牵着外公的手，由阿荣伯打着灯笼，一路回家的情景。两位老人，都已白发皤然，红灯笼柔和的光，映照着他们的白胡须，也映照着皑皑的白雪。他们的钉鞋，踩着雪地沙沙有声。细碎的雪花，撒落在伞背上，也是沙沙有声。在寒冷的深夜，一番热闹之后，听来格外清澈。我当时只十岁左右，心头似已有一丝酒阑人散的凄凉之感。主要的是快乐的新年已到尾声，我又要被关进书房念“诗云子曰”，疼我的外公不久也要回山上当医生去。一切的欢乐都有过去的时候，今年我已长了一岁，明年我还要再长一岁，马上就要变成大人了。母亲说我已经慢慢长大，不能再跟邻居的孩子们一起玩了。

我一声不响地走着，外公忽然问我："小春，你怎么走路都睡着了？"我说："好冷啊！"外公笑笑说："把脖子伸出来，腰杆挺直，就不冷了。"我说："不知怎的，我觉得好冷清。"阿荣伯说："正月正头的，怎么说冷清？有你外公和我陪你，还说冷清。"我总是说不清楚心里那股冷清的滋味。过了半晌，外公说："小春，再过一两年，你就要上外面读书，外公和阿荣伯陪你一起过年的时光，真的不多了。"好半天，我听见阿荣伯叹了口气。

如今回想起来，小孩子无心的一句话，却不知引起两位老年人多少感触。

"一声炮竹连烽火，万里归心动暮笳。"这是先父在抗战第二年所作的除夕诗。在台湾，已度过多少个农历新年，从大陆来的，大家都有无限的思乡之情！

相信人人都爱念陆放翁的两句诗：“白发无情侵老境，青灯有味似儿时。”

青灯有味似儿时

相信人人都爱念陆放翁的两句诗："白发无情侵老境，青灯有味似儿时。"尤其我现在客居海外，想起大陆的两个故乡和安居了将近四十年的第三个故乡台北，都离得我那么遥远。一灯夜读之时，格外地缅怀旧事。尤不禁引发我"青灯有味"的情意，而想起儿童时代两位难忘的人物。

白姑娘

我家乡的小镇上，有一座小小的耶稣堂，一座小小的天主堂。

由乡人自由地去做礼拜或望弥撒，母亲是虔诚的佛教徒，当然两处都不去。但对于天主堂的白姑娘，却有一分好感。因为她会讲一口地道的家乡土话，每回来都和母亲有说有笑，一边帮母亲剥豆子，理青菜，一边用家乡土音教母亲说英语："口"就是"牛"，"糟糕"就是"狗"，"拾得糖"就是"坐下"，母亲说："番人话也不难讲嘛！"

我一见她来，就说："妈妈，番女来了。"母亲总说："不要叫她番女，喊她白姑娘嘛。"原来白姑娘还是一声尊称呢。因她皮肤白，夏天披戴雪白一身道袍，真像仙女下凡呢。

母亲问她是哪一国人，她说是英国人。问她为什么要出家当修女，又漂洋过海到这样的小地方来，她摸着念珠说："我在圣母面前许下心愿，要把一生奉献给她，为她传播广大无边的爱，世上没有一件事比这更重要了。"我听不大懂，母亲露出很敬佩的神情，因此逢年过节，母亲总是尽量地捐献食物或金钱，供天主堂购买衣被等救济贫寒的异乡人。母亲说："不管是什么教，做慈善好事总是对的。"

阿荣伯就只信佛，他把基督教与天主教统统叫作"猪肚教"，说中国人不信洋教。尽管白姑娘对他和和气气，他却总不大理她，说她是代教会骗钱的，总是叫她番女番女的，不肯喊她一声白姑娘。

但有一回，阿荣伯病了，无缘无故地发烧不退，郎中的草药服了一点没有用，茶饭都不想很多天，人愈来愈瘦。母亲没了主意，告诉白姑娘，白姑娘先给他服了几包药粉，然后去城里请来一位天主教医院的医生，给他打针吃药，病很快就好了。顽固的阿荣伯这才说："番人真有一手，我这场病好了，就像脱掉一件破棉袄一般，好舒服。"以后他对白姑娘就客气多了。

白姑娘在我们镇上好几年，几乎家家对她都很熟。她并不勉强拉人去教堂，只耐心又和蔼地挨家拜访，还时常分给大家一点外国货的炼乳、糖果、饼干等，所以孩子们个个喜欢她。她常教我们许多游戏，有几样魔术，我至今还记得。那就是用手帕折的小老鼠会蹦跳；折断的火柴一晃眼又变成完整的；左手心握紧铜钱，会跑到右手心来。如今每回做这些魔术哄小孩子时，就会想起白姑娘的美丽笑容，和母亲全神贯注对她欣赏的快乐神情。

尽管我们一家都不信天主教，但白姑娘的友善亲切，却给了我们母女不少快乐。但是有一天，她流着眼泪告诉我们，她要回国了，以后会有另一位白姑娘再来，但不会讲跟她一样好的家乡土话，我们心里好难过。

母亲送了她一条亲手绣的桌巾，我送她一个自己缝的土娃娃。她说她会永远怀念我们的。临行的前几天，母亲请她来家里吃一顿丰盛的晚餐，她摸出一条珠链，挂在我颈上，说："你妈妈拜佛时用念珠念佛。我们也用念珠念经。这条念珠送你，愿天主保佑你平安。"我的眼泪流下来了。她说："不要哭，在我们心里，并没有分离。这里就是我的家乡了。有一天，我会再回来的。”

我哭得说不出话来。她悄悄地说：“我好喜欢你。记住，要做一个好孩子，孝顺父母亲。”我忽然捏住她的手问她：“白姑娘，你的父母亲呢？”她笑了一下说：“我从小是孤儿，没有父母亲。但我承受了更多的爱，仰望圣母，我要回报这份爱，我有着满心的感激。”

这是她第一次对我讲这么深奥严肃的话，却使我非常感动，也牢牢记得。因此我长大以后，对天主教的修女，总有一份好感。

连阿荣伯这个对宗教无感的人，白姑娘的离开，也使他泪眼汪汪的，他对她说：“白姑娘，你这一走，我们今生恐怕不会再见面了，不过我相信，你的天国，同我们菩萨的天堂是一样的。我们会再碰面的。”

固执的阿荣伯会说这样的话，白姑娘听了好高兴。她用很亲昵的声音喊了他一声：“阿荣伯，天主保佑你，菩萨也保佑你。”

我们陪白姑娘到船埠头，目送她跨上船，一身道袍，飘飘然地去远了。

以后，我没有再见到这位白姑娘，但直到现在，只要跟小朋友们表演那几套魔术时，总要说一声：“是白姑娘教我的。”

白姑娘教我的，不只是有趣的游戏，还有她临别时的几句话：“要做一个好孩子，好好孝顺父母亲……我要回报这份爱，我有着满心的感激。”

岩亲爷

我家乡土话称干爹为“亲爷”，干儿子为“亲儿”，那意思是“跟亲生父子一样地亲，不是干的”。这番深厚的情意，至今使我念念不忘故乡那位慈眉善目，却不言不语的岩亲爷。

岩亲爷当然不姓岩，因为没有这么一个姓。但也不是正楷字“严”字的象形或谐音姓严。有趣的是岩亲爷并不是一个人，而是一位神仙。

这位神仙不姓严，却姓吕，就是八仙里的吕洞宾。

吕洞宾怎么会跑到我家乡的小镇住下来，做孩子们的亲爷？那就没哪个知道了。我问母亲，母亲说：“神仙嘛，有好多个化身，飘到哪里，就住到哪里呀。”问阿荣伯，阿荣伯说：“我们瞿溪风水好呀，给神仙看中了。”问到外公，外公说：“瞿溪不只风景好，瞿溪的男孩子聪明肯读书，吕洞宾伯伯是读书人，就收肯读书的男孩子做亲儿。亲儿越收越多，就索性住下来了，因此地方上给他盖了个庙。”

这座庙是奇奇怪怪的，没有门，也没有围墙。却是依山傍水，建在一块凌空伸出的岩石上，就着岩石，刻了一尊道袍方巾，像戏台上诸葛亮打扮的神像，那就是吕洞宾。神龛的后壁，全是山岩，神龛前面是一块平坦的岩石，算是正殿。岩石伸向半空，离地面有三丈多高。下面有一个潭，潭水只十余尺深，却是清澈见底。因为岩上的涓涓细流，都滴入潭中，所以潭水在秋冬时也不会枯涸。村子里讲究点的大户人家，都到这里来挑一担潭水，供煮饭泡茶之用。神仙赐的水是补的，孩子喝了会长生，会聪明。

庙是居高临下的，前面就是那条主流瞿溪。溪水清而浅。干旱的日子，都露出潭底的沙石来，溪上有十几块大石头稀稀疏疏搭成的“桥”，乡下人称为“丁步”，走过丁步，就到热闹的市中心瞿溪街，岩亲爷闹中取静，坐在正殿里，就可一目了然地观赏街上熙来攘往的行人，与在丁步上跳来跳去的小孩。这里实在是个风景很奇怪的地方，若是现在，可算得是个名胜观光区呢。

庙其实非常小，至多不过三四十坪。里面没有和尚，也没有掌管求签问卜的庙祝，因此庙里香火并不旺盛，平时很少人来，倒成了我们小孩子玩乐的好地方。我常常对母亲说：“妈，我要去岩亲爷那里玩儿啦。”“岩亲爷”变成了一个地方的名称了。母亲总是吩咐：“小姑娘不许爬得太高，只在殿里玩玩就好了。”但玩久不回来，母亲又担心我会掉到殿下面的潭里去，就叫阿荣伯来找我。我和小朋友们一见阿荣伯来了，就都往殿后两边的石阶门上爬，越爬越高，一点也不听母亲的话，竟然爬到岩亲爷头顶那块岩石上去了。阿荣伯好生气，把我们统统赶下来，说吕洞宾伯伯会生气，会把我们都变成笨丫头。

我们心里想想才生气呢！因为吕洞宾伯伯只收男生当亲儿，不收女生当亲女，这是不公平的。其实这种不公平，明明是村子里的人自己搞出来的。凡是哪家生的第一个宝贝男孩子都要拜神仙做亲爷。备了香烛，去庙里礼拜许愿。用红纸条写上新生孩子的乳名，上面加个岩字，贴在正殿边的岩壁上。神仙就收了他做亲儿，保佑他长命富贵。大人们叫自己的孩子，都加个岩字，岩长生、岩文源、岩振雄……听起来，有的文雅、有的威武，好不令人羡慕。

有一回，我们几个女孩子也偷偷把自己的名字上面加个岩字，写了红纸条贴在岩石上，第二天都掉了。阿荣伯笑我们女孩子没有资格，吕洞宾伯伯不收。其实是我们用的糨糊不牢，是用饭粒代替的，一干自然就掉了。

我认为自己也是“读书人”，背了不少古文，怎么没资格拜亲爷？气不过，就在神像前诚心诚意地拜了三拜，暗暗许下心愿说：“有一天，我一定要跟男孩子一般地争气，做一番事业，回到家乡，给你老人家修个大庙。你可得收全村的女孩子做亲女儿哟！”

慈眉善目的神仙伯伯，只是笑眯眯不说一句话。但我相信他一定听见了我的祝告，一定会成全我的愿望的。

我把求神仙的事告诉外公，外公摸摸我的头说：“要想做什么事，成什么事业，都在你自己这个脑袋里。你也不用怨男女不平等。你心里敬爱岩亲爷，他就是你的亲爷了。”因此我也觉得自己是岩亲爷的女儿了。

离开故乡，到杭州念中学以后，就把这位“亲爷”给忘了。大一时，因避日寇再回故乡，才想起去岩亲爷庙巡礼一番。仰望岩亲爷石像，虽然灰突突的，却一样是满脸的慈祥，俯瞰潭水清澈依旧，而原来热闹街角却冷冷清清，顿然使我感到无限的孤单寂寞。

那时，慈爱的外公早已过世，母亲忧郁多病，阿荣伯也已老迈龙钟。旧时游伴，有的已出嫁，有的见了我都显得很生疏的样子。我踽踽凉凉地一个人在庙的周围绕了一圈，想起童年时在神前的祝告，我不由得又在心里祈祷起来：“愿世界不再有战乱残杀，愿人人安居乐业，愿人间风调雨顺。”

阿荣伯坐在殿口岩上等我，我扶着他一同踩着溪滩上的丁步回家，儿时在此跳跃的情景都在眼前。阿荣伯说：“你如今读了洋学堂，哪里还会相信岩亲爷保佑我们。”我连忙说：“我相信啊，外公说过，只要心里敬爱仙师，他就永远是你的亲爷，我以后永不会忘记的。”阿荣伯叹口气说：“你不会忘记岩亲爷，不会忘记家乡就好，能常常回来就好。人会老，神仙是不会老的，他会保佑你的。”

我听着听着，眼中满是泪水。

再一次离家以后，我就时常想起岩亲爷，想起那座小小的、冷冷清清的庙宇，尤其是在颠沛流离的岁月里。我不是祈求岩亲爷对我的护佑，而是岩亲爷庙里，曾有我欢乐童年的踪影。“岩亲爷”这个亲昵的称呼，是我小时候常常喊的，也是外公、母亲和阿荣伯经常挂在嘴上念的。

我到老也不会忘记那位慈眉善目、不言不语，却纵容我爬到他头顶岩石上去的岩亲爷。

粽子里的乡愁

异乡客地，愈是没有年节的气氛，愈是怀念旧时代的年节情景。

端阳是个大节，也是母亲大忙特忙、大显身手的好时光。想起她灵活的双手，裹着四角玲珑的粽子，就好像马上闻到那股子粽香了。

母亲包的粽子，种类很多。莲子红枣粽只包少许几个，是专为供佛的素粽。荤的猪肉粽、火腿粽可以供祖先，供过以后称为“子孙粽”，吃了将会保佑后代儿孙绵延。包得最多的是红豆粽、白米粽和灰汤粽。除一家人享受以外，还要布施乞丐。母亲总是为乞丐多准备一些，美其名曰“富贵粽”。

我最最喜欢吃的是灰汤粽。是用早稻草烧成灰，铺在白布上，拿开水一冲，滴下的热汤呈深褐色，内含大量的碱。把包好的白米粽浸泡在灰汤中一段时间（大约一夜晚吧），提出来煮熟，就是浅咖啡色带碱味的灰汤粽。那股子特别的清香，是其他粽子所不及的。我一口气可以吃两个，因为灰汤粽不但不碍胃，反而有帮助消化之功。过节时若吃得过饱，母亲就用灰汤粽焙成灰，叫我用开水送服，胃就舒服了。完全是自然食物的自然治疗法。母亲常说我是在灰汤粽里长大的。几十年来，一想起灰汤粽的香味，就神往童年与故乡的快乐时光。但在今天到哪里去找早稻草烧出灰来冲灰汤呢？

端午节那天，乞丐一早就来讨粽子。真个是门庭若市。我帮着长工阿荣伯提着富贵粽，一个个分，忙得不亦乐乎。乞丐常高声地喊：“太太，高升点（意谓多给点）。明里去了暗里来，积福积德，保佑你大富大贵啊！”母亲总是从厨房里出来，连声说：“大家有福，大家有福。”

乞丐去后，我问母亲：“他们讨饭吃，有什么福呢？”母亲正色道：“不要这样讲。谁能保证一生一世享福？谁又能保证下一世有福还是没福？福是要靠自己修的。时时刻刻要存好心，惜福最要紧。他们做乞丐的，并不是一个个都是好吃懒做的，有的是一时做错了事，败了家业。有的是上一代没积福，害了他们。

你看那些孩子，跟着爹娘日晒夜露地讨饭，他们做错了什么，有什么罪过呢？”

母亲的话，在我心头重重地敲了一下。因而每回看到乞丐们背上背的婴儿，小脑袋晃来晃去，在太阳里晒着、雨里淋着，心里就有说不出的难过。当我把粽子递给小乞丐时，他们伸出黑黢黢的双手接过去，嘴里说着：“谢谢你啊！”眼睛睁得大大的，看我一身的新衣服。他们有许多都和我差不多年纪，差不多高矮。我就会想，他们为什么当乞丐，我为什么住这样的大房子，有好东西吃，有书读？想想妈妈说的，谁能保证一生一世享福？心里就害怕起来。

有一回，一个小女孩悄声对我说：“再给我一个粽子吧。我阿婆有病走不动，我带回去给她吃。”我连忙给她一个大大的灰汤粽，她又说，“灰汤粽是咬食的（帮助消化），我们没有什么肉吃呀。”我听了很难过，就去厨房里拿一个肉粽给她，她没有等我，已经走得很远了。我追上去把粽子给她。我说：“你有阿婆，我没有阿婆了。”她看了我半晌说：“我也没有阿婆，是我后娘叫我这么说的。”我吃惊地问：“你后娘？”她说：“是啊！她常常打我，用手指甲掐我，你看我手上、脚上都有紫印。”听了她的话，我的眼泪马上流出来了，我再也不嫌她脏，拉着她的手说：“你不要讨饭了，我求妈妈收留你，你帮我们做事，我们一同玩，我教你认字。”她静静地看着我，摇摇头说：“我没这个福分。”

她甩开我的手，很快地跑了。

我回来呆呆地想了好久，告诉母亲，母亲也呆呆地想了好久，叹口气说："我也不知道要怎样做才周全，世上苦命的人太多了。"

日月飞逝，那个讨粽子的小女孩，她一脸悲苦的神情、她一双吃惊的眼睛和她坚决地快跑而逝的背影，时常浮现在我的心头，她小小年纪，是真的认命，还是更喜欢过乞讨的流浪生活？如果她仍在人间的话，也已是年逾七旬的老妪了。人世茫茫，她究竟活得怎样，在哪里活呢？

每年端午节来临时，我很少吃粽子，更无从吃到清香的灰汤粽。母亲细嫩的手艺和琐琐屑屑的事，都只能在不尽的怀念中追寻了。

娶儿媳妇的喜宴叫作“坐筵”。一坐起码两小时，这是为了训练新娘子的忍耐心。

故乡的婚礼

我的故乡风俗淳厚，生活俭朴。只有在结婚典礼上，仪式的隆重，排场的讲究，真是和过新年一般无二。无论穷家富户，平时省吃俭用，遇到嫁女儿，娶儿媳妇，那就有多少，花多少，一点也不心疼。

嫁女儿当晚的酒席，称作“请辞嫁”。是做女儿的最后一顿在娘家吃饭。所以酒菜非常丰富，而且有一道菜必定是母亲亲手做的（事实上，乡下人家的饭菜，都是母亲做的，只是办喜事的日子，忙不过来，才请短工帮忙）。做母亲的为女儿做这道菜，一边抹眼泪，一边嘴里念念有词，说的都是“早生贵子”“五世其昌”等的吉利话。最后把一对用红绿丝线扎的生花生和几粒红枣、桂圆放在盘边，祝福女儿早生贵子。做着做着，一滴滴泪珠儿都落在那碟菜里，真是咸咸甜甜。做女儿的，还没吃到嘴里，泪珠儿也滴落下来了。在那个年代，我故乡的女孩子，十六七岁就是出嫁的年龄，离开母亲，到一个陌生人家对一个陌生妇人喊妈妈，当然是非常伤心，也非常害怕的，所以母女二人的眼泪就流个没完。有支歌儿是这样唱的：“妈妈呀，今夜和你共被单，明天和你隔重山。左条岭，右条岭，条条山岭透天顶哟。妈妈呀，娘边的女儿骨边的肉，您怎么舍得这块肉啊！”新娘子打扮停当，被伴娘扶到喜筵的首席上。这一晚，她是贵宾，父母都得坐在两旁次席相陪。伴娘坐在新娘旁边，每上一道菜，伴娘都得高唱：“请吹打先生奏。新娘举筷啦！”举酒杯时也一样要喊。其实新娘心里悲悲切切，根本吃不下。快乐的是满桌的少女陪客，真是得吃得喝。尤其快乐的是伴娘，她从缎袄里取出个大口袋，把所有不带汤汤卤卤的菜全装进去，带回家可以吃好几天。我家乡酒席最讲究的是八盘八，其次是八盘五。四周八样冷盘，四角是山楂糕、炀熟的虾或蛤子、剥开的橘子、油炸甜点心，另四样是白切肉、猪肝、鳗鱼鲞、笋片，中间八道或五道热菜，最后一道一定是莲子红枣汤。家家如此，千篇一律，却是百吃不厌。客人们埋头吃菜，新娘子低头淌眼泪。伴娘说这叫作“多子多孙的风流泪”，是一定得流的。

辞嫁时，新娘穿的不是凤冠霞帔，而是像戏台上演貂蝉、红娘那种打扮，因为那是少女装。一嫁到夫家，脱下凤冠霞帔以后，就得穿短袄长裙的少妇装了。

新娘上花轿由弟弟、妹妹或子侄扶进轿门。花轿一出大门，立刻把大门关上，要把风水关住，不要让新娘带走。妈妈再疼女儿，风水门仍旧不能不关。这真是“嫁出去的女儿，泼出去的水”。

娶儿媳妇的喜宴叫作“坐筵”。一坐起码两小时，这是为了训练新娘子的忍耐心。花轿进了门，先在大厅里停上足足一小时，堂上高烧起红烛。然后新郎才开始理发、洗澡、换新衣。让新娘闷在花轿中苦等，也是为了要训练她的忍耐心。这段时间，孩子们都纷纷从花轿缝中伸手进去向新娘讨喜果，新娘的喜果必须准备得很丰富。给的时候，红枣、桂圆，每样起码得有一粒，否则人家就会讥讽新娘为“小气鬼”。

“坐筵”的酒席也非常丰富，被请做“坐筵”客的一半是长辈，一半是年轻姑娘，姑娘必须长得十分标致。年龄十五六岁，已经定了亲，在半年内就要做新娘的最合适。我当时才十一二岁，长得明明是个塌鼻子、斗鸡眼的丑小鸭，但因为是妈妈的独生女，她每次总是带我同去做“坐筵”席上的小贵宾。

我看其他姑娘穿着最时髦的五彩闪花缎（在当年，闪花缎是一种最名贵的缎），乌亮的辫子，扎上两寸长嵌金银丝的桃红或绿水丝线。有的两耳边盘两个髻，戴上珠翠，衣扣缀的是小电珠泡，电池放在口袋里，用手控制，一闪一闪的，看得我好羡慕。因为我的妈妈非常俭省，给我穿的是一件不发光的紫红铁叽缎单旗袍，不镶不滚，那是她的嫁衣改的。改得又长又大，套在旧棉袍外面，像苍蝇套在豆壳儿里，硬邦邦稀里晃浪的，看去就是个十足的傻丫头。妈妈还说："铁叽缎坚实，软趴趴的闪花缎哪比得上呢？"另外，妈妈又给我戴上一顶紫红色法兰西绒帽，是爸爸托人从北平带回来的。妈妈得意地说："刚好配上，再漂亮也没有了。"可是我没有闪光的丝带扎辫子，胸前没有珠花。我说法兰西帽子应当歪戴，妈妈说歪戴帽子不像个大家闺秀，要我把帽子端端正正顶在头上，我心里好委屈。可是无论如何，能够有资格"坐筵"，总是体面的。

在"坐筵"席上，新娘是不能动筷子的，说实在话，新娘刚刚到一个陌生家庭，眼泪得忍着，不能像在娘家时可以撒开地流，哪里还吃得下东西呢？陪新娘的姑娘们也不能多吃，尤其是两三个月内就要做新娘的，更得做出斯斯文文的样子，以免被婆家亲友看了笑话。

拜堂当然也是一项重要节目，新郎新娘拜完天地、祖先、公婆以后，就要拜见长亲、宾客。一位位被司仪请了上去，新人双双跪拜，平辈的就是鞠躬。这个拜见礼，也足足要折腾上两小时，大厅外天井里烧着柴火，愈旺愈好。鞭炮声此起彼伏。礼堂上是雪亮如白昼的煤气灯。乐队不断地吹打各种喜乐。每个人脸上都笑得跟盛开的牡丹花似的，到处喜气洋洋。

父亲从北平回来以后，给我带回一件白缎绣紫红梅花的长旗袍。我穿了去参加喜宴，每个人的眼光都向我投来，我心里好得意。直到如今，我仍不胜怀念那件白缎的梅花旗袍，但我更怀念母亲用嫁衣改的紫红铁叽缎罩袍和那顶法兰西帽子。因为，那套行头，正象征我又憨又傻的童年，尤足以纪念节俭简朴的母亲。

父亲从北平回来以后，给我带回一件白缎绣紫红梅花的长旗袍。我穿了去参加喜宴，每个人的眼光都向我投来，我心里好得意。

秋花远比春花净，

春月何如秋月明。

秋花远比春花净

我出生于简朴的农村，母亲是一位勤劳节俭的妇女，稍长后到杭州受完中学教育，抗战中在上海完成大学教育。他乡游子，无一日不思念家乡、思念慈母。卒业后千辛万苦冒险赶回故乡，慈母竟已逝世半年了。我于万分悲恸中默默回忆自幼依偎在慈母身边的情景，历历如在目前。

我最记得桂花是母亲最爱的花。她说任何娇艳的春花，都不及桂花的淡雅高洁。桂花于开过后还可以晒干，一钵钵收起来，和在茶叶中，喝起茶来清香扑鼻。母亲边说边折一枝桂花供佛，满脸浮现着欣慰的微笑。

桂花是农历八月盛开的，开放的时间相当长。母亲在清淡的桂花香中，忙家务也特别地心神愉悦。她也最爱中秋前后皎洁的月色，她说："月光多明亮啊！连绣花针掉在地上都亮闪闪的，看得清清楚楚哪。"

她认不得多少字，却牢牢记得父亲作的两句得意的诗：

"秋花远比春花净，春月何如秋月明。"

台湾很少有桂花，有一次我走过一条幽静巷子，忽然闻到一阵淡淡的桂花香，似从人家围墙里飘来，我驻足良久，却又看不到桂花树从哪个围墙上面伸出来，怅然若失地回到家中，就提笔写下了《故乡的桂花雨》一文，以寄我无限思亲怀旧之情。

春酒

农村时代的新年是非常长的，过了元宵灯节，年景尚未完全落幕，还有个家家邀饮春酒的节目，再度引起高潮。在我的感觉里，其气氛之热闹，有时还超过初一至初五的五天新年呢。原因是：新年时，注重迎神拜佛，小孩子们玩儿不许在大厅上、厨房里，撞来撞去，生怕碰碎碗盏。尤其我是女孩子，蒸糕时，脚都不许搁在灶孔边，吃东西不许随便抓，因为许多都是要先供佛与祖先的。说话尤其要小心，要多讨吉利，因此觉得很受拘束。过了元宵，大人们觉得我们都乖乖的，没闯什么祸，佛堂与神位前的供品换下来的堆得满满一大缸，都分给我们撒开地吃了。尤其是家家户户，轮流地邀喝春酒，我是母亲的代表，总是一马当先，不请自到，肚子吃得鼓鼓的，手里还捧一大包回家。

可是说实在的，我家吃的东西多，连北平寄回来的金丝蜜枣、巧克力糖都吃过，对于花生、桂圆、松糖等，已经不稀罕了。那么我最喜欢的是什么呢？乃是母亲在冬至那天就泡的八宝酒，到了喝春酒时，就开出来请大家尝尝。“补气、健脾、明目的哟！”母亲总是得意地说。她又转向我说：“但是你呀，就只能舔一指甲缝，小孩子喝多了会流鼻血，太补了。”其实我没等她说完，早已偷偷地把手指头伸在杯子里好几回，已经不知舔了多少个指甲缝的八宝酒了。

八宝酒，顾名思义是八样东西泡的酒，那就是黑枣（不知是南枣还是北枣）、荔枝、桂圆、杏仁、陈皮、枸杞子、薏仁米，再加两粒橄榄。要泡一个月，打开来，酒香加药香，恨不得一口气喝它三大杯。母亲给我在小酒杯底里只倒一点点，我端着、闻着，走来走去，有一次一不小心，跨门槛时跌了一跤，杯子捏在手里，酒却全洒在衣襟上了。抱着小花猫时，它直舔，舔完了就呼呼地睡觉，原来我的小花猫也是个酒仙呢！

我喝完春酒回来，母亲总要闻闻我的嘴巴，问我喝了几杯酒，我总是说：“只喝一杯，因为里面没有八宝，不甜甜呀。”母亲听了很高兴，自己请邻居来吃春酒，一定每人给他们斟一杯八宝酒。我呢，就在每个人怀里靠一下，用筷子点一下酒，舔一舔，才过瘾。

春酒以外，我家还有一项特别节目，就是喝会酒。凡是村子里有人需钱急用，要起个会，凑齐十二个人。正月里，会首总要请那十一位喝春酒表示酬谢，地点一定借我家的大花厅。酒席是从城里叫来的，和乡下所谓的八盘五、八盘八（就是八个冷盘，当中五道或八道大碗的热菜）不同，城里酒席称之为“十二碟”（大概是四冷盘、四热炒、四大碗煨炖大菜），是最最讲究的酒席了。所以乡下人如果对人表示感谢的口头话，就是说“我请你吃十二碟”。因此，我每年正月里喝完左邻右舍的春酒，就眼巴巴地盼着大花厅里那桌十二碟的大酒席了。

母亲是从不上会的，但总是很乐意把花厅借给大家请客，可以添点新春喜气。花匠阿标叔也巴结地把煤气灯玻璃罩擦得亮晶晶的，呼呼地点燃了，挂在花厅正中，让大家吃酒时划拳吆喝，格外兴高采烈。我呢，一定有份坐在会首旁边，得吃得喝。这时，母亲就会捧一瓶她自己泡的八宝酒给大家尝尝助兴。

席散时，会首给每个人分一条印花手帕，母亲和我也各有一条，我就等于有了两条，开心得要命。大家喝了甜美的八宝酒，都问母亲里面泡的是什么宝贝，母亲得意地说了一遍又一遍，高兴得两颊红红的，跟喝过酒似的。其实母亲是滴酒不沾的。

不仅是酒，母亲终年勤勤快快地做这做那，做出新鲜别致的东西，总是分给别人吃，自己都很少吃的。人家问她每种材料要放多少，她总是笑眯眯地说："差不多就是了，我也没有一定分量的。"但她还是一样一样仔细地告诉别人。可见她做什么事，都有个尺度在心中的。她常常说："鞋差分、衣差寸，分分寸寸要留神。"

今年，我也如法炮制，泡了八宝酒。用以供祖后，倒一杯给儿子，告诉他是"分岁酒"，喝下去又长大一岁了。他挑剔地说："你用的是美国货的葡萄酒，不是你小时候家乡自己酿的酒呀。"

一句话提醒了我，究竟不是道地家乡味啊。可是叫我到哪儿去找真正的家醅呢？

月光饼

月光饼也许是我故乡特有的一种月饼，每到中秋，家家户户及各商店，都用红丝带穿了一个比脸盆还大的月光饼，挂在屋檐下。廊前摆上糖果，点起香烛，和天空的一轮明月相映成趣。月光饼做得很薄，当中夹一层稀少的红糖，面上撒着密密的芝麻。供过月亮以后，拿下来在平底锅里一烤，掰开来吃，真是又香又脆。月光饼面积虽大，分量并不多，所以一个人可以吃一个，我总是首先抢到大半个，坐在门槛上慢慢儿地掰闻嚼，家里亲友们送来的月光饼很多，每个上面都有一张五彩画纸，印的是“嫦娥奔月”“刘备招亲”“西施拜月”等图画。旁边还印有说明。我把这些五彩画纸抽下来，要大人们给我讲上面的故事。几年的收藏积蓄，我有了一大沓。长大以后，我还舍不得丢掉，时常拿出来看看，还把它订成一本，留作纪念。

我有一个比我只大两岁的表姑，她时常在我家度中秋节，她也喜欢吃月光饼。有一次，她拿了三张五彩画纸要跟我换一个饼，我要她五张，她不肯。两个人就吵起来。她的脸很大很扁，面颊上还长了不少雀斑。我指着她的脸说："你还吃月光饼！再吃，脸长得更大更扁，雀斑就跟饼上的芝麻那么多了。"这句话真伤了她的心，就掩面哭泣起来，把一沓画纸撕成片片地扔掉。我也把月光饼扔在地上，用脚一踩，踩得粉碎，心里不免又心疼又后悔，也就"哇"的一声哭起来。母亲走过来狠狠地训了我一顿，又捧了个刚烤好的月光饼给表姑。表姑抹去眼泪，看看饼，抬眼望着母亲问道："表嫂，您说我脸上的雀斑长大以后会好吗？"母亲抚着她的肩说："你放心吧！女大十八变，变张观音面。你越长大，雀斑就越隐下去了。"母亲又笑笑说，"你多拜拜月亮菩萨，保佑你长得美丽。月光饼供过月亮，吃了也会使你长漂亮的。"表姑半信半疑地摸着月光饼面上的芝麻，和我两个人呆愣愣地对望了好一会儿，她忽然掰下半个饼递给我说："我们分吧！我跟你要好。"我看看地上撕碎了的画纸与踩烂的饼屑，感谢万分地接过饼，跟表姑手牵手悄悄地去后院里，恭恭敬敬地向天上的月亮拜三拜，我们都希望自己长大了有一张观音面。

表姑长大以后，脸上的雀斑不但没有隐去，反而更多了。可是婚后夫妻极为恩爱，她生的两个女儿，都出落得玫瑰花儿似的。我们见面时谈起幼年抢吃月光饼和拜月亮的事情，她笑笑说：

“月亮菩萨还是听我的祷告的。我自己脸上的雀斑虽然是越来越多，而她却保佑我有一对美丽的女孩子。”

台湾是产糖的地方，各种馅儿的月饼，做得比大陆的更腻口，想起家乡的月光饼，那又香又脆的味儿好像还在嘴边呢！

中秋节，一年又一年的，来了又过去，什么时候回家乡去吃月光饼呢？

桂花雨

中秋节前后，就是故乡的桂花季节。一提到桂花，那股子香味就仿佛闻到了。桂花有两种，月月开的称木樨，花朵较细小，呈淡黄色，台湾好像也有，我曾在走过人家围墙外时闻到过这股香味，一闻到就会引起乡愁。另一种称金桂，只有秋天才开，花朵较大，呈金黄色。我家的大宅院中，前后两大片广场，沿着围墙，种的全是金桂。唯有正屋大厅前的庭院中，种着两株木樨、两株绣球。还有父亲书房的廊檐下，是几盆茶花与木樨相间。

小时候，我无论对什么花，都不懂得欣赏。尽管父亲指指点点地告诉我，这是凌霄花，这是叮咚花，这是木碧花……我除了记些名称外，最喜欢的还是桂花。桂花树不像梅花树那么有姿态，笨笨拙拙的，不开花时，只是满树茂密的叶子，开花季节也得仔细地从绿叶丛里找细花，它不与繁花斗艳。可是桂花的香气，真是迷人。迷人的原因，是它不但可以闻，还可以吃。“吃花”在诗人看来是多么俗气，但我宁可俗，就是爱桂花。

桂花，真叫我魂牵梦萦。

故乡是近海县份，八月正是台风季节，母亲称为“风水忌”。桂花一开放，母亲就开始担心了：“可别做风水啊！”（就是台风来的意思）她担心的第一是将收成的稻谷，第二就是将收成的桂花。桂花也像桃梅李果，也有收成呢。母亲每天都要在前后院子走一遭，嘴里念着：“只要不做风水，我可以收几大箩。送一斗给胡宅老爷爷，一斗给毛宅二婶婆，他们两家糕饼做得多。”原来桂花是糕饼的香料。桂花开得最茂盛时，不说香闻十里，至少前后左右十几家邻居，没有不浸在桂花香里的。桂花成熟时就应当“摇”，摇下来的桂花，朵朵完整、新鲜，如任它开过谢落在泥土里，尤其是被风雨吹落，那就湿漉漉的，香味差太多了。“摇桂花”对于我是件大事，所以老是盯着母亲问：“妈，怎么还不摇桂花呢？”母亲说：“还早呢，没开足，摇不下来的。”可是母亲一看天空阴云密布，云脚长毛，就知道要“做风水”了，赶紧吩咐长工提前“摇桂花”，这下，我可乐了。帮着在桂花树下铺篾簟，帮着抱桂花树使劲地摇，桂花纷纷落下来，落得我们满头满身，我就喊：“啊！真像下雨，好香的雨啊！”母亲洗净双手，撮一撮桂花放在水晶盘中，送到佛堂供佛。父亲点上檀香，炉烟袅袅，两种香气混合在一起，佛堂就像神仙世界。于是父亲诗兴发了，即时口占一绝：“细细香风淡淡炯，竞收桂子庆丰年。儿童解得摇花乐，花雨缤纷入梦甜。”诗虽不见得高明，但在我的心目中，父亲确实是才高八斗，出口成诗呢。

桂花摇落以后，全家动员，拣去小枝小叶，铺开在簟子里，晒上好几天，晒干了，收在铁罐子里，和在茶叶中泡茶，做桂花卤，过年时做糕饼。全年，整个村庄，都沉浸在桂花香中。

念中学时到了杭州，杭州有一处名胜叫满觉垄，一座小小山坞，全是桂花，花开时那才是香闻十里。我们秋季远足，一定去满觉垄赏桂花。“赏花”是借口，主要是饱餐“桂花栗子羹”。因满觉垄除桂花以外，还有栗子。花季栗子正成熟，软软的新剥栗子，和着西湖白莲藕粉一起煮，面上撒几朵桂花，那股子雅淡清香是无论如何没有字眼形容的。即使不撒桂花也一样清香，因为栗子长在桂花丛中，本身就带有桂花香。

我们边走边摇，桂花飘落如雨，地上不见泥土，铺满桂花，踩在花上软绵绵的，心中有点不忍。这大概就是母亲说的“金沙铺地，西方极乐世界”吧。母亲一生辛劳，无怨无艾，就是因为她心中有一个金沙铺地、玻璃琉璃的西方极乐世界。

我回家时，总捧一大袋桂花回来给母亲，可是母亲常常说：“杭州的桂花再香，还是比不得家乡旧宅院子里的金桂。”于是我也想起了在故乡童年时代的“摇花乐”，和那阵阵的桂花雨。

何时归看浙江潮

我的母校之江大学位于杭州最优美的风景区，钱塘江边，六和塔畔，秦望山麓，占全世界风景最佳大学的第二名，是美国教会在中国创办最早的一座学府。当我第一次爬上松荫夹道的斜坡，再跨过一片翠碧的草坪，仰首见巍巍大堂正中金色的“慎思堂”三字，不由得肃然起敬。想到自己今后将研读于斯，衷心自不胜喜幸。

离母校屈指一算已有二十年，而母校灿烂的光辉、轩昂的气宇，却时时在照耀我、指引我，使我更怀念苦心培育我的老师们。我仿佛又回到钱塘江边，受那万顷波涛的洗礼，顿觉有一股浩气，充沛于胸臆之间。钱塘江这一条千变万化的江水，我爱之胜于西子湖。我每于升旗早操后循着幽径，一口气跑到江边，凝眸远眺，清晨江上雾气未散。水、天、云、树，于迷蒙中隐约不可分。晨曦自红霞中透出，把薄雾染成了粉红色的轻纱，笼着江面。粼粼的江水，柔和得像纱帐里孩子梦中带笑的脸，一天的希望与欢乐都开始了，我一直要望到阳光照得我的脸与身子由暖烘烘而发热，才跑回宿舍去吃早餐。

傍晚，我尤喜散步江滨。潮退时，就坐在滩头，看赶筑钱江大桥的轮渡，忙碌地载运着沙石与桥墩。偌大的工程，眼看它逐日完成，年轻人的心，有着无限兴奋与新奇之感。想起幼年时读地理，听老师讲钱塘江的故事，说第一个潮头是伍子胥，第二个潮头是文种。我伫立桥心，望着滔滔江水，亦不免有“前不见古人，后不见来者”的苍茫之感。

我印象最深的是那一座庄严的礼拜堂，幽静肃穆，墙上爬满深绿的藤萝。我虽到现在仍非教徒，可是那铿锵的钟声，似仍微微震荡着我的心弦。那时，常是清晨的钟声催我起床；夜晚，从图书馆倦读归来，钟声驱散了我一天的疲乏。直到现在，我都没有忘记与钱塘江波涛相和的钟声。不知钱塘江潮水是否因愤怒而更加澎湃，而母校的自由钟声，是不是还能再鸣呢？

秦望山上四季的野花芳草，给我编织了不少美丽的梦。春日的杜鹃，深秋的红叶，于夕阳映照中，其美丽尤胜于西子湖堤三月的桃花。我们常在课余上山采集花草，乐趣盎然。记得有一次上生物课，马区教授看我们要打瞌睡，忽然放下粉笔说：“走，我们爬山去。”于是我们都莫名其妙地跟着他跑上山。他叫我们看见什么花儿草儿，只要是美丽的、喜欢的就采，采回来，压好了做标本。“对植物有兴趣的记上种类、科目，喜欢艺术的就任意排成各色图案，题上我们得意的诗句。”马区教授真是一位风趣且懂得调剂学生身心的好老师。他说一口地道的杭州土话，我问他：“马老师，您来中国多少年了？”他拍拍我的肩头说：“比你还早好多年。”因为那时他来中国已经将近三十年了。

我果然把许多鲜花红叶，排成图案，订成一册，这本富有纪念价值的小册子，离校后一直随身携带。偶尔翻开看看，娇姿丽质，虽已翠减红消，可是回首少年时，依旧情景历历。所遗憾的是这本册子没有带来台湾。

距学校三里外的“九溪十八涧”，是脍炙人口的名胜区。一条平坦的石板路，直通幽远的溪流。这是夏老师最喜欢去的处所。他时常带我们这几个“得意门生”到九溪茶亭闲坐。一盏清茶、一碟花生米与几块五香豆腐干，就可消磨尽日。我们赤足在潺潺的溪水中捡石子，夏老师依栏闲吟，诗成后传诵一时。

故乡、母校，都在遥远的那一边，追忆欢乐的学生生活，尤引人无限乡愁。但不知哪一天可以再登秦望山山头，听松风鸟语，看江水长流，使名山胜迹重放秀气灵光，则母校弦歌又可再起了。

我果然把许多鲜花红叶，排成图案，订成一册，这本富有纪念价值的小册子，离校后一直随身携带。

玳瑁发夹

那枚真正的玳瑁发夹，早已不知去向。现在梳妆盒里保存着的，是一枚深咖啡色、塑料质地的、形状是一只翩跹起飞的蝴蝶，非常像我几十年前丢失的那一枚。是我偶然在地铁口的小摊位上发现，特地买回来的。有时把它取出摸摸看看，也试着别在头发上，但因两鬓渐稀疏总是滑下来，而且现在也没有这种打扮了，就把它留下来做纪念。

真的玳瑁蝴蝶发夹，是早年一位姑妈从上海带来送我的。当时若是什么东西从上海买来，就像从美国或欧洲来的一般稀奇。于是我把它带到学校献宝，同学们当然抢着观赏，不胜羡慕。一位有艺术天才的同学沈琪，最喜欢拿人家头发变花样，在自修课时，她用自己口袋里带的小木梳，把我又乌亮又多的头发，在前额正中盘起两个圈圈。把玳瑁蝴蝶夹子别在发根。我在小镜子里一照，觉得自己像画里的古装“美女”，就得意非凡起来。好在下一节是图画课，图画老师是位温和的好好先生，我就留着古装头舍不得拆掉。

图画课堂声音太吵，隔壁课堂的纠察队报告给了校长，校长就噔噔噔地踩着那双响亮的拔佳皮鞋来查堂了。一听到她的皮鞋声，全堂立刻肃静得鸦雀无声，反把图画老师吓了一跳。

校长直向我走来，厉声地问：“潘希真，你为什么梳日本头？”我才想起自己的三朵花发髻，却壮起胆子说：“校长，这是古装头，不是日本头。”

“不管什么头，做学生都不准梳，而且除了黑色铁夹子，任何有花的夹子都不许别，你难道不知道吗？”

我已经吓得哭起来了。坐在后排的沈琪，伸手三两下把我的头发抓开，取下了玳瑁蝴蝶夹。

“给我！”校长又大声地说。

沈琪理也不理，把夹子丢在我的铅笔盒里。

“给我！”校长盛怒地伸手去取。

也不知哪儿来的勇气，我一把将发夹抢在手里，捏得紧紧的。校长说：“我不记你过，但发夹要留在我这里，星期六你回家时还你。你在家里可以戴，外出不穿学校制服时可以戴。但穿制服、别校徽时就不能戴，你记得吗？”

“校长，她的发夹是黑的，跟头发一个颜色，黑的铁夹子可以别，为什么黑的玳瑁夹子不能别，又不是翡翠别针呀！”沈琪毫无忌惮地说。她是班上胆子最大、反叛性最强的，她长得很漂亮，雪白细嫩的皮肤，红红的嘴唇，校长老是冤枉她搽抹胭脂，气得她直跺脚。有一次，她硬是拉着舍监“裘奶奶”（同学们背地里对舍监的称呼）到盥洗室，当着她的面用肥皂毛巾使劲地擦脸给她看，要她向校长证明，她的白里透红是天生丽质，不是搽粉抹胭脂，因此“裘奶奶”和校长都很不喜欢沈琪。有一次，沈琪从家里带来一只翡翠别针，别在自制衣服的大襟前。被“裘奶奶”一眼看见，一声不响地就伸手把它摘下来，交给了校长。校长把沈琪叫到办公室，狠狠给了她一顿大菜（我们称训斥为“吃大菜”），说她太贵族气，怎可把贵重首饰带到学校里来，完全忽视校规，要被警告一次。翡翠别针由校长收着，当面交还她母亲。

那次沈琪听完训，就跑到训导主任沈先生面前，振振有词地说：“戴一下翡翠别针不过是好玩，没有半点炫耀的心意，校长说我贵族气是不公平的，校长自己才贵族呢！皮鞋永远穿名牌拔佳的。”

沈先生笑嘻嘻听着，等她说完了，才慢条斯理地说：“校长也知道你是为了好玩，但穿制服戴翡翠别针很不调和，所以说你贵族气。你是学生，自然应当守校规。校长并不受穿什么牌子皮鞋的限制。为了穿得整洁、高雅，她当然可以选择自己认为坚固又美观的牌子穿。她劝你不要戴别针是要你守校规，不是个人和你过不去。校规不是校长一个人定的。校规是团体生活的规范，个人的意愿喜好与群体规范有抵触时，一定要牺牲个人的意愿与喜好，遵守群体规范，人类社会才会和谐，才会有进步。学生时代，就要养成这种好习惯。你只要多想一想，就不会生别人气了。”

我们一群同学，为了关心沈琪，都拥在训导室的门口听。觉得心平气和的沈先生，讲得蛮有道理，就把气鼓鼓的沈琪拉回课堂。但她一直不开心，所以这次为了我的蝴蝶发夹，她就想起翡翠别针被摘下，刻骨铭心的那件事，因而借题发挥，故意提起翡翠别针。她说话时，一脸的满不在乎。

校长转脸向她说：“我现在不是问你，你用不着插嘴。”她又盯着沈琪看了半晌说，“你的头发又长过耳根了。星期六回家要剪短，如不剪短，我就请裘先生给你剪。”

“裘奶奶，谁要她剪？”沈琪脱口而出。“你叫她什么？”校长大声地问。

我们都替沈琪捏了一把汗。谁知她马上装出一脸的笑说：“我们都喊她裘奶奶，她照顾我们就像个慈爱的奶奶。你们说是不是呀？”

沈琪把“慈爱”二字提得特别响，一对顽皮的大眼睛向我们一眨一眨的，故意要征求同意。我觉得她的受责完全起因于我，就立刻挺身响应："是啊，我们都喊她裘奶奶。"

后面有的同学，忍不住哧哧地在笑。

大家一时都忘了现在是上图画课，也都忘了好脾气的图画老师。回头一看，原来他一个人站在黑板前面，用粉笔画了一幅画，画的是校长生气地瞪着我的三朵花古装髻，蝴蝶发夹却在半空中飞着，一群同学围着拍手。

校长看了一眼黑板，倒没有怎么生气，却是无动于衷的样子，皮笑肉不笑地对图画老师说："你是艺术家，不会管束孩子。"就转身噔噔噔地走了。

幸运地，她忘了蝴蝶发夹仍旧捏在我的手心里。

我们寄宿的同学，八人一间房子，每到周五晚上，熄灯以后，总是坐在床上，摸黑用一条条碎布，把发梢一绺绺扎紧卷起来。裘奶奶的探照灯电筒一照，一个个都躲进被子，把头一蒙。但爱美是女孩儿的天性，在被子里仍旧辛苦地把发梢卷好，第一天早上一打开，发梢就向里弯，软蓬蓬的非常好看。因为星期六只有半天课，下午要回家了，走出尼姑庵似的校门，就得漂亮点呀。

走到校门口，向慈爱的工友老头儿一扬手说声"明天见"，非常神气地走到马路上，头发一甩一甩的，很有风度的样子，因为自觉头发一点也不像清汤挂面。

训导主任沈先生，是位和平中正的好老师。他不像校长一天到晚绷着张油光发亮的脸。他总是微露一排龅牙，中间夹着一颗亮晶晶的金牙，不笑也像在笑，一说话更是满脸的笑。我们受了校长的斥责，总是向他去诉苦。我被摘下蝴蝶发夹，也是直奔沈先生，埋怨校长管得太严了。女孩子要漂亮，头发上变点儿花样，也是生活上的一点调剂呀。

沈先生笑嘻嘻地听着，把一颗金牙完全露出来，慈爱地对我们说："学校规定你们头发的长度，也不许戴饰物，第一是为了表现团体精神，整齐划一就是一种美。第二是让你们专心学业，不为头发留什么式样而分心烦恼。第三是节省你们梳洗的时间，都是为你们好呀！"

接着他讲了个笑话给我们听：

"有一个人，天天为头发梳什么样式而烦恼，烦恼得头发掉到只剩三根，还要去理发馆梳头，她请理发师给她梳根辫子，梳着梳着，头发掉了一根，只剩两根了。理发师抱歉地说：'辫子编不成，就给你搓根绳子吧！'谁知一搓两不搓，又掉了一根，连绳子也不能搓了。她生气地说：'你真不小心，算了算了，现在我只好披头散发地回家了。'"

我们都笑得换不过气来。沈先生说："这位女士只有三根头发，多么可怜，你们有满头的乌发，梳个自自然然的学生头，最漂亮不过。你看我就不留西发，只剪个平顶头，自己觉得很舒服、很精神就好了。"

我们都觉得沈先生的平顶头很漂亮，和他的笑口常开很调和，无论他穿长衫或中山装和平顶头都很配合，并不一定要留时髦的西发。我们都很敬爱沈先生，他劝告我们的话，我们都接受。星期六回到家中，将校长对我的责骂和沈先生对我的开导，都告诉送我玳瑁发夹的姑妈。姑妈说：

“他们两位都是好老师，学校就像一个家，家有家规，校有校规。一个严厉，一个慈和。这样你们的身心才能平衡。我想校长内心一定也是很宽容的，不然她就不会聘请一位这样慈和的沈先生当训导主任。这叫作宽严并济。”

姑妈是新派人物，女子师范学堂毕业。她一定很懂得教育心理吧！

我们谈着谈着，她就取出一把烫发钳，一盏酒精灯，把钳子放在灯上烧热了，把我前额的刘海微微卷一下，再为我别上玳瑁发夹，我对镜子一照，顿觉自己容光焕发起来。倒觉得在学校里梳着一律的直短发，不必比来比去，放假回家，稍稍打扮一下，格外地轻松快乐。姑妈说：“明天星期日，我们逛商品陈列馆去，你喜欢什么我给你买。”

在当年，逛商品陈列馆就像今日逛大都市的购物中心，自是快乐无比。其实，所谓的商品陈列馆，只不过是一座较大的半旧楼房，上下两层走马廊，一间间陈列着不同的商品，如衣料、饰物、玩具、文具，等等，货色并不多，但在我们小孩子眼中，已经是琳琅满目、美不胜收了。

逛商品陈列馆是一件大事，我真想打扮一下，但取出所有的衣服，穿来穿去，对着镜子照照，总觉得没有穿学校制服看去顺眼又活泼。所以换了半天，还是穿回我的学校制服，只是没有别校徽，因为我烫了一点点前额的刘海，又戴了玳瑁蝴蝶夹子，生怕被校长碰见，又要吃大菜。

姑妈问我要买什么小饰物，我虽看着喜欢，也都不想买。因为想想反正都穿制服，没有机会戴，自自然然地也就俭省起来了。

姑妈一直非常朴素。她说她在学校时，头发也受很大限制，当时心里很不平，常想着，离开学校，第一件事就是烫一头最摩登的头发。但是真正离开学校以后，倒有点儿留恋当年全校整齐划一的穿着与发型。尤其是同学之间，由于衣着一致，发式相同，彼此格外有一份像姊妹似的亲切感。在街上看到穿自己学校制服的同学，即使不同班的也会亲热地打招呼。她又说由于住校的简朴生活，养成勤俭的习惯，这是她离开学校以后，才深深体会到的。所以她劝我说：“你现在不免埋怨校长管得太严，以后你也会怀念她的。”

姑妈的话一点不错，我后来回想起校长的不苟言笑，同训导主任沈先生的未讲先笑，真正是宽严并济的教导方法。想起校长一身朴素而高雅的衣着，配着她那双平整闪亮的名牌皮鞋，显得她格外地威严了。配合着沈先生的温和开导与启发，使我们对群体生活规范有了深深的认识，也养成了整齐、节俭、勤劳的好习惯。因此对两位老师，我都怀着同样的感激，深深的感激。

也由于姑妈的一番开导，对她送我的玳瑁发夹，也就格外地珍惜了。

几十年来的生活变迁，许多心爱的纪念品都散失了。玳瑁发夹固已不复存在，而这个形状相似的塑料仿制的蝴蝶夹，仍使我想起少女时代的顽皮憨态。揽镜看两鬓飞霜，不免对自己莞尔而笑！

第二章 怀念人

幼年过春节时，我最盼望的是住在深山里的外公，一定会在腊月二十三送灶神前一天赶到，过了正月初十才回去。

妈妈银行

小时候，常听大人们说“钱庄、钱庄”，心想钱庄就是专门装钱的一间屋子，一定是角子、洋钱挤得满满的，像我家专门装谷子的谷仓一样。

有一回，一位住在城里的叔叔来乡下玩，我听他对母亲说：“大嫂，你有钱该存银行，不要存钱庄。”母亲笑笑没有作声。

我问她：“妈妈，钱庄和银行有什么两样？”

母亲很快地说：“钱少的叫钱庄，钱多的叫银行。”

我又问：“妈妈的钱为什么不存银行呢？”

她敲了下我的脑袋瓜说：“我的钱都存在你的肚子里了。你不是要吃中段黄鱼和奶油饼干吗？那都要钱买的呀。”

我想想也对，就很感激地说：“那么我以后的压岁钱都给妈妈买黄鱼和奶油饼干，妈妈的钱就好存银行了。”

母亲点点头说：“走开走开，我忙着呢！你的压岁钱都给你买氢气球和鞭炮花光了，再等过年还早得很呢。”

于是我就把抽屉里、枕头底下所有的钱统统捧出来。有的是中间有个四方孔的铜钱，那是厨房里的五叔婆给的。旧兮兮的一点亮光没有，不值钱的，只能包在破布里当毽子踢。幸得有不少枚银角子。银角子有两种，小而薄的是小洋角子，要十二枚才换一块银洋钱；大的是大洋角子，十枚就可以换一块洋钱了。

我数来数去，越数越糊涂，就一把抓给母亲说：“妈妈，存在你那里。”母亲高兴地说：“好，我是你的银行。”我一听到银行就高兴，仿佛钱放在银行里就会像白米饭似的，涨成满满一锅。

母亲把我的钱放在针线盒的第二格，对我说：“不许动，这就是妈妈的银行，要等凑满两块银洋钱，就给你去存钱庄。”

我马上说：“我不要存钱庄，我要存银行。”

母亲说：“钱庄就在镇上，我们可以自己走去，银行在城里，我一两年也难得去一回呀。”

我想起那个城里的叔叔，就说：“那我们就请叔叔代存好吗？”

母亲想了一下，好像真有什么新主意似的，就去问五叔婆：“你有钱没有？我们一起托阿叔存城里的银行好不好？”

五叔婆瘪瘪嘴说：“我才不相信他呢！他一年到头香烟不离嘴，说不定会把我们的钱拿去买香烟抽。我不存，我宁可放在自己贴肉口袋里，最放心。”说着，她双手拍拍鼓起的粗腰，我知道她一年四季缠着的腰带里都是钱。

钱给了母亲，我得守信用不动用它。只能常常捧出针线盒，打开来摸摸数数，听听叮叮当当的声音。

有一次，乡长来募捐赈水灾，母亲从身边摸出五枚银角子给他。我连忙问：“这是你的还是我的？”

母亲说：“当然是我的。对了，你也该捐一点呀！”

我起先有点儿舍不得，但想想赈灾是善事，“人要发挥广大的同情心”，老师说的。我就跑到楼上，从针线盒里拿出一枚银角子，在手心里捏着，捏得热烘烘的，才万分不舍地递给乡长。他拍拍我的头说“好心有好报”，就收下了。

我得意地回头看看五叔婆，她横了我一眼，才慢吞吞地从腰带里挖出一枚银角子。过了半天，再挖出一枚，不言不语地递给乡长。乡长还没来得及说话呢，我马上抢着说：“五叔婆，您好心有好报。”她再横了我一眼。我第一次觉得五叔婆心肠也是蛮好的。

妈妈的银行给我心理上一份安全感，觉得有妈妈作保，钱一定不会丢、不会少。尤其是，原该三十个铜板换一枚银角子的，我只要积到二十七八个，就要跟妈妈换银角子了。好开心啊，钱存不存银行都没关系，何况银行是个什么样，我根本不知道。妈妈的银行——那个针线盒，才是实实在在的。

也不知什么时候，母亲真把我的钱和她自己的钱都交给城里的叔叔去存银行了。我摇摇针线盒没有叮叮当当的声音了，总有点儿不放心，就对母亲说："我现在想想还是存在钱庄好，我们可以一同到镇上，自己存进去。"母亲说："你放心，叔叔有存折给我的，有多少都记在上面，少不了的。"我也就放心了。

又不知过了多久，有一天，母亲把折子拿给我的老师看，问他："这里面一共是多少钱？看我的心算跟总数合不合呢！"

老师看了下，奇怪地说："大嫂，你弄错了吧？这里面的钱都已取光啦。"

"你说什么？"母亲知道老师是正正经经的人，不会跟她开玩笑的，她已经在发抖了。

"这是一本空折子，钱都一次次提光了。你是托谁存取的呀？"老师一脸的茫然。"是托阿叔的呀！只有一元元地存进去，从没取出来过，里……里面还有小春的钱呢。"

"没有了，老早没有了。你捏着的是一本空折子。"

我在一边马上大哭起来，跺着脚喊："妈妈，我要我的钱，叔叔拐了我的钱，他好坏，他是贼！"

我越哭越伤心，母亲脸都气白了。半晌才大声喝道："不要哭，也不许骂人。自己好好读书，多认几个字，把算盘学好，就不会给别人欺侮了！"

她已泪流满面，我只好忍住哭，拉着她的衣角说："妈妈，你也不要哭了。我们再从头来过。这回我们就把洋钱、角子统统放在针线盒里，不要存银行，也不要存钱庄，把针线盒天天放在枕头边，就放心了。"

老师叹口气说："存银行、存钱庄都一样，就是要托个可靠的人。小春，你要快快长大，帮你妈妈的忙。"

我心想，我已会背九九表，妈妈会心算，但又有什么用呢，钱已经没有了呀！我常常把九九表背得七颠八倒，母亲总带笑地纠正我。从那以后我不敢背了，怕她想起被叔叔拐走的钱会心痛。

我问她为什么不找叔叔算账，她说："女人家辛辛苦苦积蓄点私房钱，有什么好声张的？我那点儿只是从买菜和粜谷子里省下来的。我若是跟他算账，他就会写信告诉你爸爸，算了吧，反正我也不花钱。"

我却是心中愤愤不平，山里的外公来时，母亲嘱咐我不要讲，我还是悄悄地一五一十告诉了外公。外公说："钱不花，放在针线盒里、枕头底下，跟存在银行里一样。小春，你以后还是把滚铜板、踢毽子赢来的钱统统给你妈妈，她喜欢听叮叮当当的声音，你也有新鲜黄鱼和奶油饼干吃，多好啊！"

因此，我还是最最喜欢那个可以捧在手里，摇起来叮当响的针线盒，我就叫它“妈妈银行”。

我长大以后，父亲把我带到杭州读中学。母亲有很长一段时间仍住在乡间，我就把压岁钱托人带回给她，随便她存钱庄还是仍放在“妈妈银行”里。我是希望她买点儿补品吃。

暑假回乡时，老师告诉我：“你妈妈每回收到你的银洋钱，都要叮叮地敲一阵，凑在耳朵边听一阵，听了再敲，敲了再听，弄得五叔婆好羡慕，就怨她儿子不孝顺，没带银洋钱给她。”

我想起那个拐我们钱的城里叔叔，问母亲他后来怎样了。母亲叹口气说：“他苦得很，讨了个城里的女人，两个人都抽上了大烟，连乡下的房子都卖掉了。”

我也十分感慨，一个不忠实的人，再加上恶疾，终归落得一生潦倒。

有一次他回到乡间来，母亲看他衣衫褴褛，鞋袜都前通后通了，忍不住就给他钱去买衣服。我想起当年母亲辛苦积蓄被他拐走的心痛神情，仍不免泫然。但母亲一点也不计较他对她的不诚实，反而在困难时再接济他。

好心的母亲啊！如果您是个百万富豪，真的开一家“妈妈银行”，您将会救济多少贫寒之人呢？

我手中捏着一把长不及五寸的短剑，但只要向前轻轻一挥，就唰唰唰地伸长为三尺，亮晃晃的，真像一把龙泉青霜剑呢。

万水千山师友情

我手中捏着一把长不及五寸的短剑，但只要向前轻轻一挥，就唰唰唰地伸长为三尺，亮晃晃的，真像一把龙泉青霜剑呢。设计得如此精巧，是为了出门携带方便，它不是防身武器，而是一把供把玩也供锻炼身体的“宝剑”。

在我的心目中，它确实是一把“宝剑”，因为它是我阔别了整整半个世纪的老友王思曾所赠。

对着闪亮的宝剑，我的思绪穿越了五十年的时光隧道，回到了故乡永嘉县。那时我在永嘉县立中学任高一“国文”老师，王思曾则是高二学生。两间教室紧靠着。下课后，王思曾常与高二好几位同学来与我谈文论艺。

高二的“国文”是夏瞿禅老师教的。那时是抗战初期，瞿禅师因杭州之江大学解散，回到故乡，也被县中校长聘来教“国文”。江南第一大词人教中学“国文”，自是大材小用，却是县中的无上光荣。我本来就是瞿禅师的学生，由于师母的关爱，特嘱我从简陋的学校宿舍搬出，住到瞿禅师寓所的楼下厢房。因此每天上课，我们师生常是一同步行到学校。遇有大沓作文簿时，王思曾必然是弟子服其劳，代为捧来捧去。亦步亦趋的祖孙三代师生情，一时传为美谈。

谢邻弦歌

瞿禅师的寓所坐落在典雅幽静的谢池巷，那是由于曾任永嘉太守的谢灵运梦中得句“池塘生春草”而命名。所以瞿禅师在住宅大门横额上题了“谢邻”二字，格外引人向往。

最难得的是楼下正屋还住着瞿禅师好友吴天伍先生和他的妹妹吴闻女士。天伍先生是乐清闻名的大诗人，妹妹吴闻也是博古通今的才女。天伍先生才高洒脱，兴来时常于走廊里散步，高声朗吟自己的得意之作，我也随着学唱他的乐清调。王思曾也是乐清人，我们几个人一同唱起来，自是格外悦耳。夏师母听得高兴起来，就亲自下厨为我们炒两大盘香喷喷的肉丝米粉。瞿禅师边吃边赞美，学着新文艺腔，低声对师母说："好妻子，谢谢你。"然后打开话匣子，就有说不完的掌故，唱不完的诗篇。

谢池弦歌之声，遐迩俱闻

不久浙江大学在龙泉复校，瞿禅师应聘去了龙泉，他的高二"国文"就由我接教。班上的王思曾和好几位爱好文学的同学，都同我非常接近。他们觉得在课堂里读有限的几首古典诗不够尽兴，乃于星期、假日背了黑板到"谢邻"来，大家在光洁的地板上盘膝而坐，由我选出自己最喜爱、最有心得的诗词，为他们讲解赏析，也学着瞿禅师的音调带大家朗吟。同学们都认为我读得铿锵有致，颇得瞿禅师真传。我也因师生情谊之深厚而乐以忘忧。

那时演话剧之风很盛，我是"国文"老师兼课外活动指导，对话剧很有兴趣，就为同学们编写了一个独幕剧，由王思曾和几位男女同学分任角色，在校庆日演出，一举引发同学的兴趣，乃请得校长同意，决定演出曹禺的《雷雨》，特请当时知名导演董心铭先生执导：与省立温州中学来个比赛。温中演的是《日出》，那是轰动一时的盛举。记得王思曾是自治会学术股长，请我担任同学讲普通话的指导。在当时刚刚开始文明开放的城市里，我那"字不正、腔不圆"的"蓝青官话"，居然还可以指导别人卷起舌头讲"北京话"，自觉得意非凡，真正过了一阵"助理导演的瘾"呢！

无常的聚散

抗战胜利复员回到杭州，我因照顾家庭，暂在浙江高等法院任职，同时在母校弘道女中兼课。此时王思曾已高中毕业来到杭州计划投考北京大学，因一时宿舍尚无着落，我就介绍他到高院任临时办事员，协助我整理法院与我家中战后散乱的图书。我们师生重逢，又能在一个机关工作，自是非常欣慰。

思曾将凌乱的书籍杂志等，细心整理，分类编目列出表册，依次陈列在书橱中，使同人借书阅读时一目了然。他工作之有条不紊，俨然是一个有经验的图书管理员。上司对他的赞赏，我自然也与有荣焉。

那一段日子，我们都读了不少文学以外的书籍，获益至多。后来思曾考取了北京大学，我也因调职去了苏州。一年后局势急转，我就匆匆到了台湾，师生就此失去联络，断了音信，这一断就是悠悠半个世纪。

天外来书

前年，当一封署名沙里、注明王思曾的信，辗转到达我手中时，我不由得一阵迷糊恍惚。急急拆开来，果然是那熟悉的字体和一张熟悉的照片。沙里，他就是王思曾，我当年的得意门生。几十年的音书阻绝，而他学生时代的笑语神情，他的诚恳与干练，我们在永嘉县中时代师生相处的欢乐情景，一时都涌现眼前。他信中告诉我他是从北京回到故乡，在刚从美国探亲回去的永嘉中学校长处看到我的作品，意外惊喜之下，立刻给我来信。阔别将近五十年，我们又联系上了，这一份欢慰，自是难以言喻的。

嗣后他给我陆续寄来多篇文章，写他回忆在杭州念初中时正值“八一四”中日空战的壮烈情形，写他重访富春江参观郁达夫故居与纪念馆的深沉感想，由于他负责文化宣扬工作，足迹几遍全国，因此也写了许多塞外风光。他文笔洗练，内容充实而风趣，阔别四十余年，读其文如见其人。难得的是他对当年我们的师生情谊，仍念念在心。尤使我感动的是他的一篇《泛舟记》，是读我的《词人之舟》一书所引发的感想。他写道：“词的本色是婉约、蕴藉与缠绵，常是情景交融。写景处是写情，写情处亦是写景。讲解的是古人作品，也自然融入讲解者的情思……”足见他对古典诗词体会之深。他文中说：“四十多年后的今天，我所能忆起的是青年时代的老师。”他又忆起了在中学时代，他和几位爱好文学的同学，还时常到谢池巷夏瞿禅老师的住宅“谢邻”一同听瞿禅师讲学论词，并引了瞿禅师特为我作的一首《减字木兰花》中句：“池草飞霞，梦路应同绕永嘉。”无限的离情别绪，凝聚在他的笔端，令人深深感动。悲悼的是瞿禅师作古已忽忽三年，我前年回大陆，因行程匆促，竟不及到杭州千岛湖他的墓园叩头凭吊。

重逢的欣慰

谈起我前年回大陆，完全是由于思曾的诚意相邀所促成。

他的工作单位是一个文化机构，他总希望在他退休前能为我尽一点心意，使我在垂老还乡之日，能多少享受点旅游参观的方便。我感念他的相邀之诚，就答应与老伴儿趁体力尚健时一同回去，能与阔别如隔世的长辈、亲友们见面，又得以祭拜先人庐墓，也算了却一生心愿。

从行期确定之日起，我就寝食无心，直到登上去北京的飞机，整整二十多个小时的行程中，我未能合眼休息。并不是近乡情怯，而是由于一种梦幻成真的恍惚和惶惶不安。即将见面的亲友们，一位位的面容都浮现眼前。世事的风云变幻，都不能影响我们永恒的情谊。人生年寿有限，以我们沧桑历尽、拨云见日的今天，得以飞越关山，享受重逢的欢乐，真不能不感谢上苍待我们之厚。

在北京机场出口处，第一眼看到的是我尚未见过面却通过无数次信的干女儿谢纠纠。她是我大学同学的爱女，她的美丽端庄和照片里一模一样。站在她后面的就是王思曾，依旧是他学生时代那一脸诚恳憨厚的神情。在贵宾接待室里，我们“语无伦次”地说着话，感到的是时光倒流的恍惚。

在北京两周的参观旅游节目，都由思曾细心策划安排，由他的助理齐仪小姐陪同招待。她文静和蔼，办事负责周到，她的平易、亲切尤使我感到轻松自在。更有干女儿谢纠纠的嘘寒问暖，与齐小姐一同照顾我们的饮食起居。冰箱里的水果饮料与各种点心，取之不尽，自思几十年来的劳碌命，还真没享受过这样现成丰厚的清福呢。

我们畅游了名胜古迹，当我在九龙壁前摄影时，忽然想起了逝世六十五年的大哥。他那时十二岁，由父亲带着住在北京，也曾在九龙壁前拍过照。他每次写信都盼我到北京和他相见，但因种种原因不能实现愿望。那时候我才七岁，怎么想得到，来北京的梦，直到七十多岁以后才能实现呢？我俯仰低回在九龙壁前，想起大哥照片里的童年天真神态，人生奄忽，天地悠悠，我内心的怅触哀伤，并非自悲老大或感慨岁月不多，而是怅恨父亲当年为什么不让母亲和我到北京见大哥最后一面呢？！但无论如何，我现在总算已到了北京，在大哥走过的地方，低声喊着他，感觉他就在我的身边和我说话，我应该心安了。

此行最欣慰的是会到了梦寐中想见的朋友们。林翘翘、王来棣是当年永嘉中学的学生。她们都亲切地喊着潘老师，活泼健谈一似当年，却都和思曾一样，已是祖字辈的人了。这一点，我这个老朽只好自叹不如了。还有一位赵树玉，是我执教杭州弘道女中的学生，当年聪颖的少女，如今是人民大学的俄文教授。她不时为我送来衣服与食物，生怕我不能适应气候的变化。纠纠的尊翁谢孝苹是一位诗人、古琴家，又写得一手好书法。我与他虽是同门，却是望尘莫及。他多次为我弹奏古琴，他三岁的小外孙女举起小胖手，踮起脚尖跳舞唱歌，使我越发乐不可支。

另一个意外的惊喜是纠纠的同事陈萃芳，是我之江大学的学长。她是当年的校花，以演抗日名剧《一片爱国心》的女主角红遍杭城。我们一握手之间，都立刻回到了少年时：之江大学情人桥的曲径通幽，钱塘江的朝暾夕晖，曾留下我们多少旖旎风光和记忆。萃芳姐特别安排了之江大学的各位学长与我共餐欢聚，殷殷相约后会之期。

浓郁的师友之情，使我永铭肺腑，尤不能不深深感谢思曾的诚意邀约。由于他的再三催促，我们才没有错过这宝贵的重逢机会。

后会有期

欢聚半月后，我们不得不依依握别。思曾赠我以宣纸正楷书写的白话长诗一首，我回环默诵，禁不住泪水盈眶。

老同学谢孝苹听我们讲起在大雾迷蒙中夜过三峡，崔巍奇景一无所见的遗憾，他乃挥毫代赋一绝云：“滟灏如牛角触忙，猿啼巫峡怨声长。有景朦胧道不得，轻舟载梦过瞿塘。”

载梦原是美事，可是载的是沉重的梦，连轻舟也变得沉重起来。但愿师友无恙，重逢有日，再不必追寻恍惚的梦境了。

最使我高兴的是有一天与干女儿纠纠通电话，她说她会转告沙里伯伯我们对他的挂念，希望不久又可相聚。四岁的干孙女在千山万水之外的那头儿，娇声地喊：“干姥爷，干姥姥，你们快来嘛，我要给你们吃糖球！”

多么甜美的糖球！我们怎能不再回去呢？

滟灏如牛角触忙，猿啼巫峡怨声长。有景朦胧道不得，

轻舟载梦过瞿塘。

桥头阿公

幼年时，常看见妈妈微微皱起眉头，自言自语，好像有什么疑难问题的样子，我就会喊："妈妈，您别发愁，我去请桥头阿公来商量。"妈妈就会高兴地说："对啊，你快去请桥头阿公来！"

桥头阿公是我们全村敬重的老爷爷，他住在一座竹桥那头的小镇上，大家都尊称他桥头阿公。

那时他大约六十岁，走路飞快，手捏旱烟管，烟丝袋挂在腰带上荡来荡去。他来我家都是和外公各人一把竹椅子，对坐在厨房外的走廊里说古道今。两位老人性格不同，外公一团和气，喜欢讲笑话逗人乐。桥头阿公却有点严肃，不苟言笑。他有个外号叫“单句讲”，意思是一句话吩咐出来，就令出如山，绝无更改。他是地方上的权威审判官，人人都敬畏他，有什么疑难纠纷，都要请他做裁决。他一声不响地先听大家说，抽完一筒旱烟，在石板地上“咔咔”地敲着烟灰，才开口说话。再复杂的纠纷，他三言两语就给判定了，大家都口服心服。外公也摸着胡须夸他：“你到底是认得几个白眼字的桥头公，不像我这个只会啃番薯的山头公。”（白眼字是我家乡的土话，认得很少字的意思。）

妈妈听了就笑眯眯地说：“桥头阿公，山头阿公，都像神仙伯伯一样，哪个人不喜欢、不敬重呢？”

我趴在外公怀里，啃着桥头阿公给我的炒米花糖，闻着他一口口喷出来的旱烟味，感到好温暖啊！

爸爸从北京回来，就恭恭敬敬地去给桥头阿公请安，接他到家里来吃丰盛的午餐。爸爸敬他一支加利克香烟，他摇摇头说：“我不抽洋烟，乡下的烟丝才是祛火气的。”爸爸给他斟一杯白兰地酒，说这是多年陈酒。他有点生气地说：“喝什么白兰地？自己家酿的陈年老酒多香呀！”爸爸只好唯唯听命。我坐在外公身边，看神气的爸爸也得听桥头阿公的训，心里好高兴。妈妈站在一边，笑眯眯地说：“洋酒与土酒，洋烟与土烟，各有味道，也像人一样，各有不同脾气吧！”

一点不错，我的山头阿公慈眉善目，笑口常开，可是“单句讲”的桥头阿公，却很少有笑容。我见了他也有点怕怕。但当我用心写字读书的时候，他也会走来摸摸我的头，从口袋里掏出一枚银角子给我说："存起来。"也是"单句讲"。我捏着那枚暖烘烘的银角子，仰脸望着桥头阿公，顿时觉得他也慈眉善目起来。

我渐渐长大以后，也渐渐懂得为什么桥头阿公这样受人敬重，实在是由于他温而厉的性格、正直不阿的做人原则。他为乡人排难解纷的智慧与魄力，令人由衷地钦佩。难怪像我父亲那样一个曾经叱咤风云、当过师长的人，都那么敬畏他呢！这使我记起两件事来：

有一次父亲忽然兴致来了，命我捧着钓饵、提了水桶，跟他去门前河边钓鱼。他把大把的钓饵撒下去，然后垂下钓丝，一下子就钓起一条活蹦乱跳的鱼来，放进水桶里。我看鱼在水桶里惊慌的样子，心里有点不忍，就求父亲说："爸爸，我们把鱼放了好不好？"父亲生气地说："特地钓的鱼，为什么要放掉？"我就不敢作声了。乡人看见"师长"在钓鱼，只站着看一下就走了。因为这条河是没有人敢大把地撒钓饵的。正巧桥头阿公走过，立刻命令道："把鱼放回河里去，活生生的鱼，为什么要把它钓上来？这条河要保持清洁，不能撒钓饵的！"我觉得好奇怪，怎么"单句讲"的桥头阿公竟然会一口气说了那么多话，他一定是很生气吧。父亲被训得没有了兴致，只好带我提了水桶回家了。过了好一会儿，父亲用低沉的声音说："桥头阿公的话是有道理的。

河里的水是供全村的人饮用的，应当保持清洁才对。”

如今想想，桥头阿公在那个时候就已经有环保意识了。而父亲的勇于认过，也给我留下深刻印象。

又有一回，桥头阿公看见我在竹桥上来回走着玩，他说：“这条竹桥是两岸的通道，你在上面跳来跳去，不是挡住来往行人吗？”吓得我赶紧下来了。他却又说，“你爱走桥，我带你去踩后山溪那条石丁步。来回踩几次，胆子就大了，脚步也稳了。”我只好战战兢兢地被他牵着手去踩石丁步。

所谓的“石丁步”，就是在急流的溪水上，排着大小高低不太均匀的石块，乡下人往山里挑担子下来，不愿绕路去走那座摇摇晃晃的竹桥，都走这条石丁步，很快就可到镇上了。他们穿着草鞋，踩石丁步健步如飞。而我一跨上那斜斜的石块，腿就发软。桥头阿公说：“这才是真正走桥，一步步跨过去，眼往前看，心不要慌，脚步就稳了。”我只好紧紧捏着他的手臂，一步步地跨过去，心里虽然害怕，却也走完了一条石丁步，胆子马上壮了不少。我放开桥头阿公的手臂，自己再试走一遍。心不跳了，脚步也稳多了。

回来得意地告诉母亲说：“妈妈，我会踩石丁步了！是桥头阿公带我踩的。”母亲高兴地说：“是应当多练练胆子的。做一个人，一生一世不知要走多少座桥，过一座桥就到一个新的地方，多开心呀？你要牢牢记住桥头阿公是怎样教你踩丁步的，丁步比桥难走多了。"到今天,我仍记得桥头阿公那只扶着我的稳健手臂,和带我踩丁步的高兴神情。他教了我许许多多道理,他并不是严肃的"单句讲",而是一位跟外公一样慈爱的爷爷。

奶奶的洋娃娃

邻居七岁的小女孩玲玲，捧了个大纸箱放在我身边，喜滋滋地说：“奶奶，我要跟你玩洋娃娃，我有好多洋娃娃哟！”

我高兴地说：“好呀！”

玲玲掀开纸箱盖子，把娃娃一个个抱出来。我一看，都是瘦瘦长长的姑娘，双手双脚都像柴火棍似的，硬邦邦地撑开来，头发乱七八糟地披散着。我摇摇头说：“怎么这些女娃儿都这样瘦巴巴的，一点也不漂亮呀？”

玲玲有点儿失望，马上说：“我给她们换上新衣服，梳了头，打扮起来就漂亮了。”

我只好耐心地看玲玲给姑娘们打扮，她拿起纸盒里的一把小梳子，抓起女娃娃的长发就使劲地梳，有的编条辫子，有的盘个高髻，梳得不中意又拆了重梳。衣服穿上了又剥下，再把她们的双手扳得朝天，双腿转得一只向前，一只向后，像舞蹈的姿势，玩厌了，就把她们统统扔在地板上，横一个，竖一个，有的仰，有的卧。

我看了很不忍地说："你看你这么折腾她们，她们会生气的呀！"

玲玲说："她们不会生气，她们喜欢我跟她们玩呢。"她就把一个娃娃拿到我耳朵边，用手指在娃娃胸前一按，说，"奶奶，你听听。"

我竟听见娃娃轻轻地说了声"谢谢你"，逗得我笑了，心里想：现在的孩子可真享福，我小时候，做梦也别想有这么多娃娃，想有一个都难呢！我对玲玲说："你要好好疼娃娃们，给她们每个人取个名字，中文的、英文的都好，她们听见自己的名字会更高兴呢。你抱她们在手里，要讲故事给她们听呀！"

玲玲仰起头问："讲什么故事呢？"

我说："你学校老师讲给你听的，就讲给她们分享呀！"

玲玲说："好，我明天就讲，奶奶现在先讲个故事给我听好吗？我听，娃娃们不也听了吗？"

"好，我就讲一个我小时候抱娃娃的故事给你听。"

我就开讲了：

我像你这么大的时候，跟妈妈住在乡下。邻居的小女孩阿玉是我的好朋友。有一天，她爷爷给她从城里买来一个胖嘟嘟的洋娃娃，抱来给我看。她说："你可以抱一下就还给我。"

我问她："一下子是多久呢？"

她说："你双手捧着，我数到一百下你就要还给我。"

我心想，一百下蛮久的嘛！就抱着娃娃让她数。谁知她放鞭炮似的数得好快。一二三四五六……一下子就数到一百了。我仍然抱着不放，说："太快了，再数一百下好吗？"

她说："好。"就又放鞭炮似的数了一百下。

我心慌意乱，也有点儿生气，把娃娃还给她说："还给你，明天我也要妈妈给我买个比你大好多的洋娃娃，给你抱着玩，我数一千下你才还给我。"

她大笑说："你哪里数得来一千下？一百下你都数不清。"

我说："那我就不用数数，你抱着娃娃，从我家后门走到前门，再从前门走到后门，才把娃娃还我。我家房子好大，你走去走回就要走好半天了。"

她又大笑说："抱着娃娃走来走去有什么好玩？我们把两个娃娃放在一起，一个扮新郎，一个扮新娘，不是很开心吗？"

我高兴得直拍手说："好呀！好呀！"

可是，我的大娃娃在哪里呢？我跑到妈妈身边，拉着她的衣角央求：“妈妈，给我买个洋娃娃。”

妈妈说：“洋娃娃头发乱蓬蓬的像鸡窝，眼睛睁得老大，有什么好玩？我空下来给你缝个布娃娃，软绵绵的，晚上放在你枕头边听你唱歌，多好呀！”

我想想也对，就去告诉阿玉，妈妈要给我缝个布娃娃。

阿玉说：“布娃娃一下子就脏了，洗了又不会干，不好玩。”

我有点儿失望，不敢再去烦妈妈，就求阿荣伯在镇上买了个蜡做的娃娃。红短衫，绿短裤，都是用颜色涂的，眼睛鼻子都挤在一堆，看也看不清楚，比起阿玉的差远了。

我拿给阿玉看，她把鼻子一翘，说：“好丑啊！男不男，女不女，我不要我的娃娃和他配对。”

我感到好伤心，想想妈妈真小气，连个娃娃都舍不得给我买。阿荣伯买的又是那么丑、那么土，连我自己也好丑好土。阿玉的爷爷常带她到城里玩，我却连镇上都不能去，因为妈妈生怕我看见店里的东西就想买，她叫我要俭省。

我就这么一天到晚梦想有个洋娃娃。直到爸爸从北京回来，不久就带我去城里，但并不是去玩，而是去割扁桃腺。爸爸答应我割了扁桃腺，就给我买个洋娃娃。我好开心，喉咙割过扁桃腺也不觉得痛了。

出院时，我抱着洋娃娃回家，马上抱给阿玉看，阿玉这才高兴地说：“我们现在可以结亲家了，希望一对洋娃娃白头偕老，我们俩也永结同心。”

阿玉的爷爷教了她好多成语，她就统统搬出来用上了。这回轮到我大笑起来，说：“你说错了，两个女娃娃怎么能白头偕老，我们两个女孩子也不能永结同心呀！”

阿玉问：“为什么？”

我说：“老师对我说的，像这种情形，叫作情投意合。”

阿玉说：“那不就是两个人同一条心吗？”

阿玉说得也对呀！

我讲小时候的事儿，讲着讲着，不禁想起和我一条心的阿玉。玲玲奇怪地问：“奶奶，你怎么不说话啦？”

“我在想念我的小朋友阿玉。”我说。

玲玲问：“阿玉是不是跟我一样大？”

我笑笑说：“傻孩子，阿玉是奶奶的朋友，她也跟奶奶一样，老得满头都是白发啰。”

玲玲说：“我也好想老，老了就好当奶奶了。”我笑得合不拢嘴，把她紧紧搂在怀里。心里想念着海天一角的阿玉，六十多年不通音信，当年玩洋娃娃的她，如今也已两鬓飞霜，耳聋眼花了。我默默地祝福阿玉身体健康，享受儿孙绕膝的快乐。

我拍着玲玲，玲玲在我怀中睡着了。恍惚中，我又回到抱着洋娃娃的童年了。

爷爷的味儿

十岁的侄孙望着窗外远处，忽然若有所思地说：“好久好久没有闻到爷爷的味儿了。”

“爷爷的味儿？”我没听懂他的意思。

他奶奶解释道：“他在想念他的爷爷啦。”因为他从小喜欢钻在爷爷怀里睡，爷爷爱用粗肥皂洗澡，所以有一股子味儿。

“原来如此。”我就问侄孙，“爷爷的味儿是什么样的呢？”

“好好闻啊，暖烘烘的，有点儿香，也有点儿臭。”

“那你快写信去催爷爷来嘛。”

“我写啦，但是爷爷好差劲，都不回我信。奶奶说他太忙了，说他是个科技专家，还被请到俄罗斯去商谈技术合作呢。奶奶说西伯利亚好冷好冷，爷爷睡在被窝里，是不是还有那股子味儿呢？”

他胖嘟嘟的圆脸，一对乌黑的眼睛中，看出他是多么想念远在地球那一边祖国大陆的爷爷啊！

爷爷的味儿确实好温暖，我也想起自己幼年时，爷爷去世太早，是由慈爱的外公牵着我的小手长大的。外公是种地的农夫，高高瘦瘦的个子，四肢灵活，走起路来，健步如飞。他每年腊月都来我家过年，背上背一个大布袋，里面是他自己做的百果糕和山楂果，命妈妈祭了祖先、灶神后再分给孩子们吃，保佑我们长命百岁。外公一来，就叫老师放我年假，那半个月，是我一年中最快乐的日子。坐在外公怀里，听他讲那些讲了几百遍的故事。外公的厚棉袄里，散发出一阵阵的味儿，暖烘烘的，好好闻，闻着闻着就安心地睡着了。外公说自己是吃山薯长大的，所以身上有一股子山薯的香味。他爱喝酒、喝茶，所以又有酒香、茶香。妈妈说外公长年不洗澡，因而还有一股子汗香，外公听了张开缺牙的嘴呵呵大笑，笑起来更有一股子旱烟香。但他抱着我的时候是不抽烟的，生怕烫到我。

如今回想起来，外公的各种味儿，不也就是侄孙想念的“爷爷的味儿”吗？

外子每回听侄孙念着爷爷，就会想起他弟弟幼年时活泼顽皮的神态。年光飞逝，如今那顽皮孩子都已做了爷爷了。我们两次回大陆，都与他相见畅叙。他虽也已两鬓飞霜，而手足重逢，欢慰中仍显露出一脸的纯真憨态。他兴高采烈地对他哥哥说着他的工作计划，一停下来却就拍着膝头“呢呢嗯嗯”地念起来：“我的小白猪，我可爱的小白猪。”因为他白胖的孙儿是属猪的，我对他说：“小白猪好想念你啊！你的小外孙女也好想念你啊！快快结束你的工作，到美国去一家团聚，让小白猪和小外孙女多闻闻爷爷的味儿吧。”

他笑咧着嘴说：“可不是吗？尽管我那小外孙女爱干净，我还是要搂着她，让她皱起眉头，闻闻爷爷的味儿呢！”

对着他那一脸笑逐颜开的神情，我不由得想象他童年时的天真憨态。他们兄弟俩，是不是也爱投在爷爷怀里，闻爷爷的味儿呢？

外公

幼年过春节时，我最盼望的是住在深山里的外公，一定会在腊月二十三送灶神前一天赶到，过了正月初十才回去。

外公不坐轿子，是自己背着一个大布袋走山路来的，他走到时连大气都不喘一口。大布袋里除了他亲手种的甜山薯以外，就是在山上采的各种草药，一捆捆像枯藤似的。他说百草治百病，说我母亲忙得脚后跟痛，要吃草药补一下，我越长越瘦，也要吃药补一下。草药熬成汤，加一种树胶和红糖结成冻，每天早晚喝一汤匙，百病消除。

母亲忙得老是忘记喝，我却绝不会忘记，因为草药甜甜的真好吃。母亲说："过年过节的，吃什么药呀？"外公说："这是仙丹，不是药。"于是外公放下大布袋，就找柴刀砍草药。长工阿荣伯连忙帮他砍，他好喜欢外公，因为他们下棋有伴了。

阿荣伯找了个大瓦罐，生起荧荧的炭火，帮外公熬草药。旁边摆一张小桌，他俩就对坐下来下乞丐棋。我一会儿靠在外公怀里，一会儿靠在阿荣伯怀里。瓦罐里的药香一阵阵透出来，母亲蒸红枣糖年糕的香味也一阵阵透出来，两种香味和在一起，使我感到好温暖、好快乐。

我连连问母亲可以吃几块糖年糕，母亲说："是祭祖的，不许问。"

外公笑嘻嘻地说："先喝了仙丹草药，再吃糖年糕，就不会隔食（不消化）了。"

阿荣伯不爱吃蒸的年糕，总是啃冷年糕，边啃边下棋，但每盘都输给外公。口袋里的铜钱都跑到外公面前，不一会儿，外公的铜钱又都跑到我口袋里了——不是我偷的，是外公悄悄地放到我口袋里的。他在我耳朵边轻声地说："去买鞭炮来放，放一串，长一寸，连仙丹草药都不用吃了。"

阿荣伯偏偏说外公的草药不灵，没想到他边说肚子就边痛起来，痛得棋子都滚落在泥地上找不到了。他只得弯腰屈背地向外公求救。外公马上倒一大碗草药给他灌下去，不到半个钟头就不痛了。他只好承认外公是神仙，草药是仙丹。

家庭教师说："两位老人相对下棋，边上摆一个瓦罐熬药，真像一对神仙。神仙下一盘棋，凡界就是几百年、几千年呢。"

外公摸摸胡子说："凡界与神仙有什么两样？活得健旺、快乐，心肠好，就是神仙；活得八病九痛的，心里愁这愁那，就是凡界了。"

母亲听了皱起眉头说："我心肠蛮好的，却是东痛西痛，做不了神仙，是什么道理？"

外公说："因为你太会愁了。愁北京我的女婿没信儿来，愁我老了走不动山路，愁女儿吃不下饭长不大。这样多愁，怎么做得了神仙？"

阿荣伯接口说："她还愁猪圈里的猪娘生猪仔赶不上好时辰呢。"听得外公呵呵大笑。

母亲笑骂阿荣伯："你不要笑我，你做酒不是也要拣好日子吗？你那回扭了腰，不是要我念观世音菩萨保佑你快快好吗？"

阿荣伯连连点头说："对、对。"

外公还有满肚子的笑话要讲给我听。他坐在荧荧的火盆边，吃着香喷喷的烤山薯，就开始讲故事。全家老小都围着他，连长工们都没心思赌钱，放下骰子和骨牌，一起来听外公讲故事和笑话。

有的笑话，我都听过好多遍了，但我仍咯咯地笑得前仰后合，绝不说"这个我听过了"。因为外公对我说过："别人讲故事，不管你有没有听过，你都要好好地听，因为还有没听过的人呢！你若说自己听过了，说的人就没意思讲下去了。你的老师不是对你讲过吗？好的书要读了又读，背了又背，才会明白里面的道理，听故事和笑话也是一样啊！”

外公用他的山乡调子讲，听来特别有味道，我也会学着他的调子讲一遍，听得外公笑呵呵。

那时外公七十多岁，我才七岁。如今我也七十多岁了，而我那时偎依在外公身边，围炉听故事的情景，好像就在眼前。

外公讲的故事和笑话，我统统还记得，我有时讲给朋友听，有时讲给老伴儿听。他常说：“听过了，听过了。”我说：“听过了也要听，外公说的，听一遍有一遍的道理。”他说：“有的故事，真的好好听，你为什么不讲给邻居的小朋友们听呢？”

我想对呀！于是我就把邻居几位要好的小朋友请来。小洋人们坐在地毯上，团团地围着我，我就卷起舌头，用浅近的英语连说带比画地把最最有趣的几个故事讲给他们听，逗得他们笑得好开心。

想起自己小时候，听外公讲故事，我咯咯笑得咧开缺了大门牙的嘴，那幅快乐情景，就在眼前。如今，却变成我这个老奶奶，在给小朋友们讲故事了。心里一阵温馨，觉得自己一点也没老呢！

一生一代一双人

为了布置一下六个榻榻米的陋室，我拣出从杭州带来的几幅书画，打开第一幅正是夏老师送我的对联，写的是“欲修到神仙眷属，须做得柴米夫妻”。我反复默诵着这充满人情味的短短十四个字，心头洋溢着难以言喻的滋味。是酸辛，是惆怅，更有对老师与师母说不尽的怀念。老师写这副对子送我时，我还没有结婚。因为我几次向他讨墨宝，他就笑嘻嘻地写了这副对子说：“我预先送你这对联，等你结婚以后，就更能体会此中滋味了。”我把对联挂好，坐下来和唐谈起老师与师母这一对神仙眷属的故事，我们又不禁悠然神往了。

老师与师母结婚已二十年，而夫妻间的情爱，二十年如一日。令人觉得遗憾的是他们没有孩子。老师常以解嘲的口吻与朋友们说：“我们是一生一代一双人，在这兵荒马乱的年头，实在再简单利落不过了。”师母却不然，有时她因看到邻家白白胖胖的孩子，不免露出羡慕的样子。老师说：“像你这样有洁癖的人是不宜有孩子的，我已经被你约束得够可怜了，如果再有个翻江龙似的孩子，岂不是要被你驱逐出境呢！”师母也深深懂得老师这一片慰藉的苦心。

他们常因家用支绌而喝稀饭，老师一面拈着萝卜干放在口里慢慢地咀嚼，一面以最温柔的语调说：“今天喝稀饭，明天吃起饭来不是更香吗！”师母也向他含笑点首，我却被感动得泫然欲泣了。老师说：“人生的意味，正是要从菜根薄粥中领会出来的。”他的修养之深，由此可见。

老师五十寿辰，同学们设筵为他两位祝嘏。酒过三巡，老师慢条斯理地在袋里摸出一只手表，亲自给师母戴上，说：“你每天早上都为我赶上课起得太早，有了这个表就可以安心多睡一会儿了。”师母也掏出一支黑色钢笔，插在老师的衣襟上，说：“这是我从旧货店里买来的一支老式钢笔，我知道你是多么需要它，你以后可以为大家写更多的文章了。”他们如此交换着礼物，宛如一对新婚夫妇。在我们如雷的掌声中，师母还口占了一首打趣老师的十七字诗：“先生有三宝，太太钢笔表，莫再想儿子，老了。”博得哄堂鼓掌大笑。

他们有时也不免拌嘴，但并不严重，且充溢着诗情酒意。事实上老师一味云淡风轻的神态也叫师母无法认真，不到几分钟，她就破涕为笑了。

有一次，老师陪师母看病回来，医生说她是严重的贫血症，绝对不可生育。老师拍拍她的肩说：“你才是一位绝代佳人呢！”这句话可真伤了她的心了。她默默地躺在床上，只是淌眼泪，中午也不起来烧饭。老师只得叫我陪他出去吃面。我们走进附近一家面馆坐下，老师叹了口气说：“今天她真的生气了。她身体不好，我实在不该说这话。而且你可知道她的贫血头晕症，大半还是我害出来的呢！”我茫然不懂他的意思。他似乎想起了许多往事，感慨地说，“我在中学肄业时，曾与一位女同学互订白首之盟。可是因女方父母嫌我贫穷，不肯许婚，那位女同学竟至抑郁而死。我也由父母之命，与你师母订了婚。可是我于悲愤之余，毕业后远去西北，三年不归。你师母虽为我的迟迟不归忧心如捣，却又不便表露出来，因而郁闷过度而得了这贫血头晕之症。一直等我大学卒业回乡，才勉强与她结婚。婚后才知道她是如此一位幽娴贞静的好女子。我固然是结婚恨晚，而她的健康却因我的固执受了损伤，我的良心上怎么过得去呢？”说到这里，老师忽又转为严肃的口吻说，“夫妻之间的情爱，是需要双方以温情细心培养，才能发育滋长的。除了爱，我们更当有一种道义感、责任感。

试问患难相依，疾病相扶持，除了夫妻，谁还能更亲切关怀呢？”老师的眼里闪着泪光了。

吃完面，他又买了四个肉包子，小心翼翼地用手帕包好，双手捧着走回家来，远远地已看见师母笑脸迎人地倚门等待了。等老师走到身边，她低低问道：“你出去后我才看到你的绒线背心没有穿上，外面风大，小心受凉呢！”老师把四个包子塞到师母手心里，轻声轻气地说：“不会的，好妻子，你摸摸看，连包子都是暖烘烘的呢！”师母报之以嫣然一笑。我赶紧缩回自己房里去了。

现在，我又恍如回到杭州，在西子湖头，重新沐浴着老师和师母春阳般温暖的爱。

梁先生终年都穿蓝布长衫，冬天蓝布罩袍，夏天蓝布单衫，三十度的大热天都不出一滴汗。

一袭青衫

我念中学时，初三的物理老师是高高瘦瘦的梁先生。他第一天进课堂，就给我们一个很滑稽的印象。他穿一件褪色淡青湖绉绸长衫，本来是应当飘飘然的，却是太肥太短，就像高高地挂在竹竿上。袖子本来就不够长，还要卷上一截，露出并不太白的衬褂，坐在我后排的沈琪大声地说：“一定是借旁人的长衫，第一天上课来出出风头。”沈琪的一张嘴是全班最快的，喜欢挖苦人，我低着头装没听见，可是全班都哧哧地在笑。梁先生一双四方头皮鞋是崭新的，走路时脚后跟先着地，脚板心再拍下去，拍得地板好响。他又不坐，只是团团转，啪嗒啪嗒像跳踢踏舞似的。我想他一定是刚刚当老师心情很紧张吧，想笑也不敢笑，因为坐第一排太注目了。梁先生拿起粉笔在黑板上写了个大大的“梁”字，大声地说：“我姓梁。”

“我们都早知道了，先生姓梁，梁山伯的梁。”大家齐声说。沈琪又轻轻地加了一句：“祝英台呢？”

梁先生像没听见，偏着头看了半天，忽然咧嘴笑了，露出一颗大大的金牙。沈琪又说：“镶金牙，好土啊。”幸得梁先生还是没听见。他看着黑板上那个“梁”字自言自语地说：“今天这个字写得不好，不像我爸爸写的。”

全堂都哄笑起来，我也笑了。因为我听他喊“爸爸”那两个字，就像他还是个孩子。心想这位老师一定很孝顺，孝顺的人，一定是很和蔼的。沈琪却又说：“这么大的人还喊爸爸，应该说‘父亲’。”我不禁回过头去对她说：“你别咬文嚼字了，爸爸就是父亲，父亲就是爸爸。”我说得好响，梁先生听见了。他说：“对了，爸爸就是父亲，对别人得说‘家父’，可是我只能说‘先父’，因为我父亲已经去世了，是去年这个时候去世的。”他收敛了笑容，一双眼睛望向窗外，好像望向很远很远的地方，全堂都肃静下来。他又绕着桌子转起圈来，新皮鞋敲着地板啪嗒啪嗒响，绕了好几圈，他才开口说：“今天第一堂课，你们还没有书，下次一定要带书来，忘了带书的不许上课。”语气斩钉截铁，本来很和蔼的眼神忽然射出两道很严厉的光来。我心里就紧张起来，因为我的理科很差，又不敢问老师。如果在本校的初三毕业考都过不了关，就没资格参加教育厅的毕业会考。因此觉得梁先生对我的前途关系重大，真得格外用功才好。我把背挺一下，做出很用心的样子，他忽把眼睛瞪着我问："你叫什么名字？"

我说了名字，他又把头一偏说："叫什么，听不清，怎么说话跟蚊虫哼似的，上黑板来写。"大家又都笑起来，我心里好气，觉得自己一直乖乖的，他反而盯上我，他应当盯后排的沈琪才对。沈琪却在用铅笔顶我的背说："上去写嘛，写几个你的碑帖字给他看看，比他那个'梁'字好多了。"我不理她，大着胆子提高嗓门说："希望的希，珍珠的珍。"

"噢，珍珠宝贝，那你父母亲一定很宝贝你啰，要好好用功啊。"

全堂都在笑，我把头低下去，对于梁先生马上失去了好感。他打开点名册，挨个儿地认人，仿佛看一遍就认得每个人似的。嘴巴一开一合，露着微龅的金牙，闪闪发光，严厉中的确透着一股土气。下课以后，沈琪就跳着对大家说："你们知不知道，世界上有一种牙齿是最土的，就像梁先生的牙，所以我给他起个外号叫'土牙'。"大家都笑着拍手同意了。沈琪是起外号专家，有个代课的图画老师姓蔡，名观亭，她就叫他"菜罐头"。他代了短短一段日子课就被她气跑了，告诉校长说永生永世不教女生了。还有训导主任沈老师，一讲话就习惯地把右手握成一个圈，圈在嘴边，像吹号一般，沈琪就叫他“号兵”。他非常和气，当面喊他“号兵”他也不生气，还说当“号兵”要有准确的时间观念和责任感，是很重要的人物。但是“土牙”这个外号，就不能当着梁先生叫了，有点儿刻薄。“国文”老师说过，一个人要厚道，不可以刻薄，不可以取笑别人的缺点，叫人难堪。我们全班都很厚道，就是沈琪比较调皮，但她心眼儿并不坏，有时帮起人忙来，非常热心，只是有点娇惯，一阵风一阵雨的喜怒无常。

第二次上物理课时，我们每个人都把课本平平整整放在课桌上。梁先生踩着踢踏步进来，但这次响声不大，原来他的四方头新皮鞋已换成布鞋，湖绉绸长衫已经换了深蓝布长衫。鞋子一看就知道太短，后跟倒下去，前面翘起像条龙船。他一点也不在乎，往桌上一坐，两脚交叉，悬空荡着，我才仔细看到有一只鞋子前面，黑布已破了个小洞，沈琪低声地说：“你看，他的鞋子要吃饭了。”我说：“他一定是舍不得穿皮鞋吧。”母亲说过，节俭的人，一定是苦读出身，非常用功。现在当了老师，一定不喜欢懒惰的学生，可是我又实在不喜欢物理、化学、算术这些功课。

他从口袋里摸出一个小小的空心玻璃人、一张橡皮膜，就把小人儿丢入桌上有白开水的玻璃杯中，蒙上橡皮膜，用手指轻轻一按，玻璃人就沉了下去，一放手又浮上来。他问：“你们觉得很好玩是不是？哪个懂得这道理的举手。”级长张瑞文举手了。她站起来说明是因为空气被压，跑进了玻璃人身体里面，所以沉下去，证明空气是有重量的。梁先生点点头，却指着我说：“记在笔记本上。”我坐在进门第一个位置，他就专盯我。我记下了，他把笔记本拿起来看了一下说：“哦，文字还算清通。”大家又笑了，一个同学说：“先生点对了，她是我们班上的‘国文’大将。”梁先生看我说：“‘国文’大将？”又摇摇头，“只有‘国文’好不够，要样样事理都明白。你们知道物理是什么吗？物理就是宇宙一切事物的道理。道理本来就存在，不是人所能创造的，聪明的科学家就是把这道理找出来，顺着道理一步步追踪它的奥妙，发明了许多东西。我们平常人就是不肯用脑筋思考，只会享现成福。现在物理课就是把科学家已经发现的道理讲给我们听，训练我们思考的能力和兴趣。天地间还有许多道理没有被发现的，所以你们每个人将来都有机会做发明家，只要肯用脑筋。”

讲完了这段话，他似笑非笑闪着亮晶晶的金牙。我一想起“土牙”的外号，就觉得很滑稽，却又有点抱歉。其实又不是我给起的，只是感到梁先生实在热心教我们，不应当给起外号的。他的话说得很快，又有点模糊不清，起初听来很费力，但因为他总是一边做些有趣的实验，一边讲，所以很快就懂了。他又说：“日常生活中，无时无刻不接触到万物的道理。比如用铅笔写字，用筷子夹菜，用剪刀剪东西，就是杠杆定律。支点、力点、重点的距离放得对就省力，否则就徒劳无功，可是我们平常哪个注意到这个道理呢？这也就是中山先生所说的知难行易。可是我们不应当只做容易的事，要去试试难的，人类才会有进步。”

我们听了都很感动，他虽然是教物理，但时常连带讲到做人的道理。我们初三是全校的模范班，本来就一个个很哲学的样子，对于语文老师的一言一行，都佩服得五体投地，现在物理老师也使我们佩服起来了。

有一次，他解释“功”与“能”的分别时，把一本书捧在手中站着不动说：“这是能，表示你有能力拿得动这本书，但一往前走产生了运送的效果，就是功。平常都说功能、功能，其实是两个步骤。要产生功，必须先有能，但只有能而不利用就没有功。”他又点着我们说，“你们一个个都有能，所以要用功。当然，这只是比喻啦。”说着他又闪着金牙笑得好慈祥。

他怕我们笔记记不清，自己再将教过的实验画了图画，写了说明，编成一套讲义，要我们仔细再看，懂得道理就不必背。但在考试的时候，大部分背功好的同学都一字不漏地写上了。发还考卷的时候，他笑得合不拢嘴说：“你们只要懂，我并不要你们背，但能够背也好，会考时候，全部题目都包含在这里面了。”他又看着我说：“你为什么改我的句子？”

我吓一跳，原来我只是把他的白话改成文言，所有的“的”字都改“之”字，句末还加上“也”“矣”“耳”等语助词，自以为文理畅顺，没想到梁先生会问，可是他并没不高兴，还说：“文言文确是比较简洁，我父亲也教我背了好多《古文观止》。”

“《古文观止》只是一本书，怎么说好多《古文观止》？”沈琪又嘀咕了。

“对，你说得对，沈琪。”梁先生冲她笑，一副从善如流的神情。

梁先生终年都穿蓝布长衫，冬天蓝布罩袍，夏天蓝布单衫，三十度的大热天都不出一滴汗。人那么瘦，长衫挂在身上荡来荡去。听说他曾得过肺病，已经好了。但讲课时偶然会咳嗽几声，他说粉笔灰吃得太多了，嗓子痒。我每听他咳嗽，心里就会难过，因为我父亲也时常咳嗽，医生说是支气管炎，梁先生会不会也是支气管炎呢？有一次，我把父亲吃的药丸瓶子拿给他看，问他是不是也可以吃这种药。他忽然把眉头皱了一下说：“你父亲时常吃这药吗？”我回答是的。他停了一下说：“谢谢你，我大概不用吃这种药，而且也太贵了。不过你要提醒你母亲，要特别当心父亲的身体，时常咳嗽总不大好。”看他说话的神情，那份对我父亲的关切像是异乎寻常的，我心里很感动。

沈琪虽然对梁先生也很佩服，但她生性喜欢捉弄人，尤其是对男老师。她看梁先生喜欢坐桌子，就把桌子脚抹了蜡烛油，梁先生一坐就往后滑，差点儿摔一大跤，全班都笑了，沈琪笑得最响。先生瞪着她说：“你笑什么？站起来。”

沈琪笔直地站起来，一副“视死如归”的样子，嘴里却不服气地说：“又不是我一个人笑！”

“你最调皮，给我站好！”我们从来没见他这么凶过。

沈琪又咕噜咕噜轻声念着："土牙、土牙，你这个大土牙。"梁先生大吼："你说什么？！"沈琪说："我没说什么，我在背物理讲义。"

"好，你背吧！"那一堂课，她一直站到下课。我们这才看到梁先生凶的一面，也觉得他罚女生站一堂课有点过分了。下一次上课，他又笑嘻嘻的，好像什么都忘了。想坐桌子时，用手推一把，摇摇头说："太滑了，不能坐。"

我们在毕业考的前夕，每个人心情都很紧张沉重，对于课堂的清洁和安静都没以前那么注意，但为了希望保持三年来一直得冠军，和学期结束时领取银盾的纪录，级长总是随时提醒大家注意，可是这个希望，却因物理课的最后一次月考而破灭了。

那天梁先生把题目卷子发下来以后，就在课堂里拍着踢踏步兜圈子。大家正在专心地写，忽然听见梁先生一声怒吼："大家不许写，统统把铅笔举起来！"我们吓一大跳，不知是为什么，回头看梁先生站在墙边贴的一张纸的前面，指着纸，声色俱厉地问："是谁写的这几个字！快站起来，否则全班零分！"我当时只知道那张纸是级长贴的，上面写着："各位同学如愿在暑假中去梁先生家补习数学或理化的请签名于后。"因为他知道我们班上有许多数理比较差的，会考以后，考高中以前，仍须补习，他愿义务帮忙，确确实实不要交一块钱。头一年就有同学去补习过，说梁先生教得好，清楚易懂，好热心。所以我第一个就签上名，也有好多同学签了名。那么梁先生为什么那样生气呢？我实在不明白。冷场了好半天，没人回答，时间一分一秒地过去，我们心里又急又糊涂，我悄悄地问邻座同学究竟写的是什么呀。她不回答我，只是瞪了沈琪一眼，恨恨地说：“谁写的快勇敢点出来承认，不要害别人！”可是沈琪一声不响，跟大家一起举着铅笔。梁先生再一次厉声问：“究竟谁写的？有勇气写，为什么没勇气承认？”忽然最后一排的许佩玲霍地站起来说：“梁先生，罚我好了！是我写的，请允许同学们继续考试吧！”

梁先生盯着她看了半天说：“是你？”

“我一时好玩写的，太对不起梁先生了！”说着，她就哭了起来。许佩玲是我们班上品学兼优的好学生，她这次究竟在那张纸上写些什么，惹得梁先生那么冒火呢？

“好，有人承认了就好，现在大家继续写答案。”他说。

我一面写，一面心乱如麻，句子也写得七颠八倒的。下课铃一响，卷子都一齐交上去，梁先生收齐了卷子，向许佩玲定定地看了一眼就走了。下一节是自修课，大家一齐拥到墙边去看那张纸，原来在同学签名下的空白处，歪歪斜斜地用很淡的铅笔写着：“土牙，哪个高兴来补习？”大家都好惊奇，许佩玲怎么会写这样的字句？也都有点不相信，又都怪梁先生未免太凶了，许佩玲的试卷变成零分怎么办？许佩玲幽幽地说：“梁先生总会给我一个补考的机会吧。”平时最喜欢大声嚷嚷的沈琪，这时却木鸡似的在位子上发愣，我本来就满心怀疑，忍不住走过去问：“沈琪，你怎么一声不响，我觉得许佩玲不会写的。”沈琪忽然站起来，奔到许佩玲身边，蹲下去，哽咽地说：“你为什么要代我承认？你明明知道是我写的，我太对不起你，太对不起大家了！”

“我想总要有一个人快快承认，才能让同学来得及写考卷。也是我不好，我看见了本想擦，一下子又忘了，不然就不会有这场风波了。沈琪，不要哭，没有关系的，我一、二次月考成绩都还好，平得过来的。”许佩玲拍着沈琪的肩，像个大姐姐，她是我们班上比较年长的同学，是热心的总务股长，也是真正虔诚的基督徒，我很佩服她。

我们对她代人受过的牺牲精神，都好感动，但对沈琪的忏悔痛哭，又感到很同情。级长说：“沈琪，你只要快快向梁先生承认就好了，可以免去许佩玲受冤枉。”正说着，梁先生已经走过来了，他脸上一点没有生气的样子，只和气地说：“同学们，我再给你们一次机会，那几个字究竟是谁写的？因为不像许佩玲的笔迹。”沈琪立刻站起来说：“是我，请梁先生重重罚我好了，和许佩玲全不相干！”

梁先生的金牙笑得全都露了出来，他说：“沈琪，我就知道是你捣蛋，你为什么写‘土牙’两个字？你为什么不愿意补习？你的数理科并不好，我明明是免费的啊？”他又对我们说：“大家放心，你们的考试不会得零分。许佩玲的卷子我已经看过了，她是一百分。”

全班都拍起手来，连眼泪还挂在脸上的沈琪都笑了。我一直都不大喜欢沈琪，但由这次的事情看来，她也是非常诚实的，我对她的印象也好了。

梁先生走后，我们还在兴奋中，七嘴八舌地谈论着，忽然隔壁初二的级任导师走来，在我们的安静记录表上，咬牙切齿地打了个大叉，说我们吵得使她没法上课。这一打大叉使我们这一学期的努力前功尽弃，再也领不到安静奖的银盾，而且破坏了三年来的冠军纪录。我们都好伤心，甚至怪那位初二导师，故意让我们失去这个机会的。沈琪尤其难过，说都是因为她闯的祸，实在对不起全班。大家的激动使声浪无法压制下来，而且反正已经被打了叉，都有点自暴自弃地灰心了。此时，梁先生又来了，他是给我们送讲义来的，他时常自己给我们送来。看我们一个个失魂落魄的样子，还以为仍为沈琪的事，他说：“你们安心自修吧！事情过去就算了，过而能改，善莫大焉。”我们却告诉他安静记录表被打叉的事，他偏着头满不在乎的样子说：“这有什么不得了，旁人给你做记录算得什么？你们都这么大了，都会自己管理自己。奖牌、银盾都是形式，校长给的奖也是被动的，应当自己给自己奖才有意思。”

“可是我们五个学期都有奖，就差了毕业的一个学期，好可惜啊！”

“嗯！可惜是有点可惜，知道可惜就好了，全体升了高中再从头来过。”

“校长说要全班每人考甲等才允许免试升高中，这太难了。”

“一定办得到，只要把数理再加强。”

我们果然每人总平均都在甲等，这不能不说是由于梁先生的热心教导。升上高一的开学典礼上，梁先生又穿起那件褪色淡青湖绉绸长衫，坐在礼堂的高台上。校长特别介绍他是大功臣，专教初三和高三的数理。

在高一，我们没有梁先生的课，但时常在教师休息室里可以看到他，踩着踢踏步满屋子转圈圈。十分钟休息的时候，我们常常请他跟我们一起打排球，他总是摇摇头说不行，没有力气。我们觉得他气色没有以前好，而且时常咳嗽得很厉害。有一天，校长忽然告诉我们，梁先生肺病复发，吐血了。在当时医学还不发达，肺病没有特效药，一听说吐血，我们马上想到死亡，心里又惊怕又难过，恨不得马上去医院看他。可是我们不能全体去，只有我们一班和高三、初三的级长，三个人买了花和水果代表全体同学去看他。她们回来时，告诉我们梁先生人好瘦，脸色好苍白。他还没有结婚，所以也没有师母在旁陪伴他，孤零零一个人和别的肺病病人躺在普通病房。医生、护士都不许她们多留，只和他说了几句话就告别出来了。她们说梁先生虽然说话有气无力，还是勉励大家好好用功，任何老师代课都是一样的，叫我们不要再去看他，因为肺病会传染，他的父亲就是得肺病死的。我们听了都不禁哭了起来。沈琪哭得尤其伤心，因为她觉得自己最最对不起梁先生。

不到两个月就传来噩耗，梁先生竟然去世了。自从他病倒以后，虽然死的阴影一直笼罩着我们全班同学的心，但一听说他真的死了，没有一个同学愿意接受这残酷的事实。我们一个个号啕痛哭，想起他第一天来上课的神情，他的那件飘飘荡荡、又肥又短的褪色淡青湖绉绸衫，卷得太高的袖口，一年四季的蓝布长衫，那双前头翘起像龙船的黑布鞋，坐在四脚打蜡的桌子上差点儿摔倒的滑稽相，一张笑咧开的嘴露出的闪闪金牙。这一切，如今都只令我们伤心，我们再也笑不出来了。

在追思礼拜上，训导主任以低沉的音调报告他的生平事迹。说他母亲早丧，事父至孝，父亲去世后，为了节省金钱给父母亲做坟，一直没有娶亲，一直是孑然一身。他临终时还念念不忘双亲坟墓的事。他没有新衣服，临终时只要求把那件褪色淡青湖绉绸长衫给他穿上，因为那是他父亲的遗物。

听到这里，我们全堂同学都已哽咽不能成声。训导主任又沉痛地说："在殡仪馆里，看他被穿上那件绸衫时，我才发现两只袖口已磨破，因没人为他补，所以他每次穿时都把袖口折上来，他并不是要学时髦。"

全体同学都在嘤嘤啜泣。殡仪馆里，我们虽然全班同学都曾去祭吊过，但也只能看见他微微带笑的照片，似在向我们亲切地注视。我们没有被允许走进灵堂后面，没有机会再看见他穿着那件褪色淡青湖绉绸长衫，我们也永不能再看见了。

孩儿经

小楠无缘无故地半夜里爬起来，吹喇叭似的大号大哭，任你千方百计哄他也不睡。你若是不理他，他更哭上了瘾，越哭越有劲儿。我怕吵了邻居，禁不住心头冒火，重重地打了他几下屁股。外子却说："你啊！就没有做母亲的耐心，也不想想自己小时候是怎么折磨母亲的，让我来想个办法。"于是他慢条斯理地起来，找了张红纸，用毛笔在上面写了两行大字，告诉我说，"把它贴在电线杆上，让过往的行人都念上一遍，孩子就会乖了。"说着，他就用他那道地的四川口音念道，"小儿夜哭，请君念读，小儿不哭，谢君万福。"他有板有眼地念了一遍，小楠居然停止了啼哭，耸起耳朵来听，他得意地说：“你瞧，他已经不哭了。”话犹未了，小楠把鲢鱼嘴一扁，“哇”的一声又哭了，嗓门儿比原来的还要高。他笑着摇头说：“不灵了。你且试试你的，来一套你中学时代学的蝴蝶的摇篮曲吧！”

摇篮曲我可哼得不成腔，我倒是记起小时母亲给我念的许多经来。母亲会念很多经：太阳经、灶神经、干菜经、萝卜丝经、孩儿经……每一种经我都能背得朗朗上口。尤其是孩儿经，母亲念的次数最多，我也最喜欢听。母亲总在我睡觉的时候给我念，她说孩子听了孩儿经，长大了就会孝顺。我当时并不懂得什么叫孝顺，只觉得母亲柔和委婉的声音非常悦耳，我听着听着，就很安心地睡着了。

于是我学着母亲给我念孩儿经的声调，一句一句地给小楠念起来：

“孩儿孩儿经，亲生孩儿有套经，抱在怀中亲又亲。轻轻手儿放上床，轻轻脚儿下踏凳，轻轻手儿带房门。门外何人高声喊，摇摇手请莫高声，只怕孩儿受惊哭，只愁孩儿睡不沉。孩儿带到一周岁，衣衫件件破前襟。孩儿养到七八岁，请来老师教诗文。孩儿长到十七八，拜托媒人来说亲。讨了亲，结了婚，亲爹亲娘是路人。有话轻轻讲，莫让堂上爷娘得知音。爹娘吃素凭你面，没块豆腐到如今。娇妻怀胎未满三个月，买来橘饼又人参。爹娘要你买块青丝绢，声声口口回无银。娇妻要买红丝帕，打开银包成千银。”

孩儿经真有催眠作用，孩子打着哈欠，小手儿抓抓头，揉揉眼睛，不久就呼呼地睡着了。我听自己的声音仍在继续地哼着，恍惚中，我似乎听见了母亲的声音，柔和中却带着一分凄凉，我心头不禁也感到一阵凄然。我想起了自己孩提时候的淘气，想起母亲为我所受的折磨。

我小时候是个出名的“哭泣猫”，白天哭，晚上上床哭，三更半夜更要哭，非得母亲抱起我，在屋里转上个把钟头，绝不肯再睡，直到四五岁时还是这样。严寒的冬夜，母亲解开羊皮袄子的前襟，把我紧紧包在怀中。一面摇着走着，一面念孩儿经。外面下着大雪，白皑皑的雪光照得屋子里亮晃晃，我睁大眼睛，看帐帘上五彩丝线绣的《麒麟送子图》，嘴里也跟着母亲哼。母亲拿脸贴着我说：“宝宝快睡吧！你看外面下大雪，好冷啊！”我觉得母亲的腮帮子是凉冰冰的，可是我的手伸在她怀里却是暖烘烘的，我打着哈欠，很舒服地摇摇腿儿，什么时候睡着，就得由我高兴了。

记得有一次母亲生病进了医院，我半夜醒来，蒙眬中摸摸身边是空洞洞的，用人没有陪我，我就大哭起来，边哭边揿床头的电铃，揿了很久没有人来，我哭得冒了火，捏着电铃不放手地揿。不一会儿，那个被我吵得更冒火的用人，气冲冲地跑进来，揭开被子狠狠把我一顿打，一声吆喝，转身就出去了，我反倒被吓得不敢作声。第二天，我跑到医院里，扑在母亲身边委屈地哭个不停，我说："妈，没有你，我怕啊！"母亲捧着我的脸说："别怕，宝贝，你若是睡不着，就念孩儿经，经会保佑你不怕的。"

以后的几个夜里，我真的就咕哝咕哝地，把母亲教我的经，从头到尾地背。我觉得最有趣的还是孩儿经，我听着自己的声音，心里想着母亲，居然就睡着了。

母亲出院回家，亲着我安慰地说："宝贝，你已经慢慢长大了。以后没有妈在身边，也不会怕了。"

是的，我慢慢长大了。长大点以后，我也略微知道母亲的辛苦，不再那么淘气了。老师教我读《二十四孝》里"伯俞泣杖"的一段故事，我也感到母亲的身体似乎一天天衰弱下去，谈话的声音也越来越低微。我有点恐惧，深恐有一天会失去母亲，我再也不敢惹她生气了。

可是母亲抚养我到长大成人，就与世长辞了。树欲静而风不止，母亲竟未能享受一日的菽水之欢。浑浑噩噩的，我已经步入中年，虽然无日不思念母亲，却不曾真正体味到她老人家当年养育我究竟有多么辛劳。如今自己有了孩子，每夜为他三番四次地起床，他哭了我心焦，不知他是冷了还是饿了。孩子入梦以后，我常常失眠睁眼到天亮。我细细地体味孩儿经里的词句，方懂得这里面包含了母亲多少辛酸的眼泪。现在我既已无法报母氏罔极之恩，只有将此无限亲情，赋予我的孩子了。

以后的几个夜里，我真的就咕哝咕哝地，把母亲教我的经，从头到尾地背。

不见是见，见亦无见
——悼念我的启蒙师

我的启蒙师，在我十四岁时就辞馆而去，闲云野鹤似的，不知漂到哪儿去了。我懵懵懂懂的，只晓得他要出家当和尚，以后是另外世界里的人，不再认我做学生，心里很难过。我牵着他蓝布长褂的袖角，送他到火车站，依恋地望着火车出了月台。回到家，看书房里他燃的檀香还没烧完，芬芳的烟雾弥漫了满屋。琉璃灯里如豆的火光在微微跳动。我忽然觉得寂寞起来，寂寞中还夹杂着一份忏悔。因为我一直畏惧老师的严厉，好多次在心里赌咒，不再背那劳什子的古文，并且希望老师快快走。如今他真走了，而且永不回来了，我却伏在桌上哭起来。

我哭过好几次。在学老师朗诵唐诗的声调时，我会哭。听母亲敲起木鱼念经时，我也会哭。我曾问母亲老师为什么要出家，母亲只含糊地告诉我他已看破红尘。“红尘”是什么，我不懂，但我有一种感觉，老师一定是个不快乐的人。

老师这一去就杳如黄鹤，连他的家人都不知道他云游到何方。我也逐渐长大，想他大概真的已“披发入山，不知所终”了。可是三十多年来，我总不时想起他，提起笔，看着自己潦草不堪的字体，就会想起当年他捏着我的小手，一笔一画教我端端正正写字时的严肃神情。慵懒地拿起书，就会想起他拍着桌子喊一声“快背”的那一副凶狠狠的脸。如今我又忝为人师，更深深体会到当老师的这份甘苦。

来台湾以后，也常常想念他，我算算他的年龄，五十、六十、七十，他该超过七十了。尽管他已有如许高龄，我总觉得他还活着。我甚至梦想有一天，我们师生能再聚。在大陆的名山古刹中，他是一位白发皤然的得道高僧，我是一个阐悟了人生真谛的虔诚弟子，佛堂中炉烟袅袅，烛火熊熊。依佛教徒的说法，这该是一段多么美、多么善的缘呢？

三年前，忽然从日本转来一封笔迹生疏的信，拆开来，竟是老师托他在日本的朋友转给我的信，还有他的近影。恍如在梦中，阔别三十多年的老师，他真的还活着，这是他的亲笔信，这是他的照片，他想费尽方法把它们传递到我手中。可是从他细弱倾斜的字迹，可以想见他体力的衰微。他的照片，几使我不能辨认。嶙嶙的双颧，深陷的眼窟，眼帘下垂，似在打坐，他穿的是一袭僧衣，颈下挂一串长念佛珠，看去就像一具已圆寂的老僧遗体。这形象使我似陡然领悟了什么，望穿了一切的世间相。忽忽悠悠地，生与死，时与空，一下子都失去了差别与距离。这张照片，写下了三十年人世的艰难岁月。但三十年也就是这么一瞬间，比起几百年、几千年又算得了什么？可是三十年却使一个年轻人变成一把骷髅似的瘦骨，目光不再矍铄，嗓音不再洪亮，笔力不再劲健。很快地，这把瘦骨便将销蚀无遗。我的眼泪涌出来了，我仍免不了为人世的“生老病死”而悲伤。

他的信里写道：“客岁重病，曾气绝多时，闻大殿钟声，忽又苏醒。而此后体气日衰，扶杖始勉强能行，想大去之期不远矣。”此信历时三个月才到达，我不知在读信时，老师是否“一息尚存”，还是已经西归了。他在照片后面写了两首很长的偈。其中有两句是“不见是见，见亦无见”。他如此的高龄弱体，却与我们隔海相望，这与幽明异路又有什么两样？这一张像遗容似的照片，映入我的眼帘，岂不是“不见是见，见亦无见”呢？

我赶紧托在香港的朋友转给他一封信，并寄给他一些药品与少数的现款。此后我们陆续通了几封信。

我每次去信，都在一种战战兢兢的心情下盼待他的回信。在这不绝如缕的联系中，我寄托着师生重聚的渺茫希望。可是在我寄出第五封信后，就再没有收到他的回信。我的心总在缥缈恍惚中怀疑他的存殁。最近，我辗转打听才知道他已真正脱离苦海。他永不会再以抖擞的笔在粗糙的纸上给我写信了。他那一缕游丝似的呼吸已经停止，他已西归而去，不能再等待了。生与死的距离毕竟太微小，他一下子就跨越过去了。我望着他的照片，仿佛觉得他早就去了另一个世界，也好像他是永恒地活着的，因此我并没感到太悲伤。

可是我仍禁不住想，他在“大去”的一刹那，真进入了“智境俱泯灭，寂然天地空”此境界的话，那么他的灵魂亦不会飞越重洋，寄我一梦了。

父亲的两位知己

父亲生平有两位最知己的好友，一位杨雨农伯伯，一位刘景晨伯伯。他们都住在县城里，离我们乡下有三十里水路。那时交通不便，又无电话可通，好友想见面并不太容易。每回只要听到父亲用极感人的音调，琅琅地吟起诗来，就知道他又在想念两位好友了。两位伯伯也心有灵犀，尽可能联袂下乡来和父亲欢聚。杨伯伯谈兴高，刘伯伯酒量宏，父亲虽不善饮，也为好友小酌半杯助兴，大家都笑逐颜开起来。

慈爱的杨伯伯逗我玩时，我的小手就伸到他黑马褂口袋里掏巧克力糖，那是他老人家特地给我买的。我曾悄悄地问他说：“杨伯伯，我听爸爸称刘伯伯冠三兄，向朋友介绍时，就称他贞晦或景晨先生，为什么他有三个名字，您只有一个名字呢？”杨伯伯笑眯眯地说：“我的名字是振炘，雨农就是我的号。你刘伯伯要作诗、写文章又要画梅花，所以要多用一个别号。”妈妈在一旁笑道：“你杨伯伯的大名是响当当的哟！他是温州商会会长，县立中学与瓯海医院董事长，又是各慈善社团的高级顾问，他急公好义，热心助人，一提杨伯伯的大名，谁人不知呢？”杨伯伯只是微笑。我仰起头来望着他，他乌黑的八字胡须托着圆圆大大的鼻子。爸爸常常夸他鼻如悬胆，显出一脸正直之气，我觉得他笑眯眯的，更显得一脸的慈祥呢！

刘伯伯却不常笑，他总是端端正正地坐着，一对眼睛睁得大大地看着我，命我背《诗经》、唐诗给他听。我战战兢兢地背了一首又一首，他只眼观鼻、鼻观心地点点头，并没夸奖我背得没错，也没赏我巧克力糖吃。他就是那么严肃，只有在喝酒的时候，才谈笑风生起来，父亲赠他从上海带回的名牌洋酒，他只打开闻闻，并不怎么喜欢，却特别欣赏母亲从陈年老酒蒸出来的“老酒汗”。他说：“老酒汗一碰到鼻子尖，五脏六腑都会通畅起来，那才是真正的好酒哪。”听得母亲好高兴，哪怕他一顿饭要吃上两个钟头，她都有耐心一再为他添菜，因为她最最欣慰的是看到父亲和两位老友谈心、开怀欢笑的神情。

风趣的杨伯伯，看刘伯伯已醉态惺忪，就命我取纸笔红朱来，请刘伯伯即兴画梅题诗留念。刘伯伯却摸摸胡须说："酒还未醉，诗兴还没来。"父亲回头看窗外盛开的红梅，随口吟道："雪梅已是十分春，却笑晨翁诗未成。"刘伯伯也看看窗外，接着道："高格孤芳难着墨，无如诗酒两忘情。"他们一唱一和，我在一旁听得发呆，心里却好佩服。

刘伯伯又乘兴吟起前人的诗来："有梅无雪不精神，有雪无诗俗了人。日暮诗成天又雪，与梅并作十分春。"我鼓起勇气说："您正在饮酒，第二句的'雪'字应当改为'酒'字。现在为白天，不为日暮，可不可以把第二句的'日暮'改为'醉及'呢？"刘伯伯速速点头道："对、对。"坐在我旁边的杨伯伯，摸摸我的头说："女儿真聪明，女儿好好用功读书，希望将来成个才女。"我越来越得意地说："伯伯，我妈在厨房里煮饭烧菜，我帮她在灶下添柴，我现在就是妈妈的'柴女'呀。"听得二位伯伯都大笑起来。

酒后的刘伯伯，已不那么严肃了，我就趁机会要求道："伯伯，请您教我画梅花好吗？"他摸摸胡须说："你想学画梅花，就一定先要临碑帖，要有恒地天天习字，字有根基以后，才能学画梅花，因为梅的枝干就好像篆、隶的笔磔，花朵却像行、草的婉曲柔美，在柔美中透出韵致，也表现了一个人的真性情。"刘伯伯把画梅花的道理说得这般高深，我听来实在不懂。想想老师总是责骂我不肯用心习字，字写得像八脚蟹满纸爬，哪里还能画梅花呢？

我问刘伯伯："最得意的咏梅诗是哪一首呢？"他沉吟了一下说："还没作出来呢！"再问他："画得最得意的梅花是哪一幅呢？"他摇摇头说："还没画出来。"他放下酒杯，牵起我的手，慈祥地说，"你要知道，读书、作诗、画画，都是永无止境的。这就是苟日新、又日新、日日新的道理，你懂吗？"

伯伯的诲谕，我当时听了只是茫茫然，长大以后，才日益有所领悟。

我最最快乐的事是由父亲带到城里杨伯伯家去做客，杨宅府第极大，两幢房子相毗连。一幢是他们一家人居住，一幢供亲友留宿，并开放给游客观赏。亭台院落，树木青葱，我常与杨宅小朋友们在曲折的假山矮树丛中玩捉迷藏游戏。慈爱的杨伯母，给我口袋里装满了糖果，端张矮凳叫我坐在她身边，听她慢条斯理地讲故事。她与杨伯伯一样，也是那么地和蔼、慷慨、乐于助人。所以杨宅里经常是高朋满座，一片欣欣向荣气象。

最令人敬佩的是伯伯与伯母事亲至孝，无论多忙，必定每日向太夫人晨昏定省、垂手恭听诲谕。太夫人午睡时间，全府上下必然鸦雀无声，深恐惊醒老人家，想见杨伯伯以孝治家之感人。

我十岁以后被带到杭州求学，就很少有机会与二位伯伯见面了。直到抗战第二年，全家避乱重返故乡，始得与二位伯伯重聚。

不幸的是父亲因肺病沉痛不起，一年后竟撒手西归了。我在极度悲痛中整理父亲书札遗物，发现他有三首赠二位伯伯的诗，竟以病笃未能寄出。其一云：

久阔喜重逢，况于大乱中，
谁逃争战祸，各慰起居同；
杯酒传清话，围炉叙曲衷，
独嫌离别速，一饭太匆匆。

父亲是位军人，戎马倥偬中，未遑学诗。而此诗情辞恳挚，无限知己之感。令我悲痛的是“独嫌离别速，一饭太匆匆”二句，竟成谶语，伯伯读故人遗作，焉得不泪下沾襟？

我听从二位伯伯劝谕，不得不于战乱中拜别慈母，再赴沪继续大学学业，毕业后因太平洋战争爆发，海上交通被日军水雷封锁，不得不滞留上海，在母校任中文系助教。半年后惊闻母亲病笃，乃冒万险绕旱路赶回家中，竟不及见慈母最后一面。人间哀伤，何有甚于此者？

祸不单行的是乡下老屋书房，竟遭日机炸毁一角，先父藏书都被炸得残缺不全，因知杨伯伯早已将他的全部藏书、字画、碑帖等捐赠籀园图书馆，乃遵他老人家指示，将有限余书，也捐赠该馆，为先人留点纪念。

岁月匆匆，由于局势与人事的变迁，竟与二位伯伯音书阻绝十年。仰望云天，曷胜慨叹。如今我也是垂暮之年，回首前尘，两位老人家的笑貌音容，仍不时浮现心头。聊可宽慰的是父亲与两位知音，得以在天堂中长相聚首，诗酒言欢，畅谈今昔，应再不会有“一饭太匆匆”的遗憾了。

第三章

关于读书、文化

我长大了，要出门求学，不能永远待在那间小书房里。可是小书房一直是我留恋记挂的。

三更有梦书当枕
——我的读书回忆

我五岁正式由家庭教师教我“读书”——认方块字。起先一天认五个，觉得很容易。后来加到十个、十五个，越来越多，也越来越快。而且老师故意把字颠三倒四地让我认，认错了就打手心。我才知道读书原来是这么苦的一回事，就时常装病逃学，母亲说老师性子很急，想一下把我教成个才女。我知道以后一定受不了，不由得想逃到后山庵堂里当尼姑。母亲笑着告诉我尼姑也要认字念经的，而且吃得很苦，还要上山砍柴，我只好忍着眼泪再认下去。不久又开始学描红。老师说：“你好好地描，我给你买故事书。”故事书有什么用？我又看不懂，我也不想看，因为读书是这么苦的事。

最疼我的老长工阿荣伯会画“毛笔画”，就是拿我用门牙咬扁了的描红笔，在黄标纸上画各色各样的人物。最精彩的一次是画了个戏台上的武生，背上八面旗子飘舞着，怀里抱个小孩，他说是“赵子龙救阿斗”，从香烟洋片上描下来的。他翻过洋片，背面密密麻麻的字，阿荣伯点着一个字一个字地念，有的字我已经认识，他念错了，我给他纠正，有的我也不认识。不管怎样，阿荣伯总讲得有头有尾。他说：“小春，快认字吧，认得多了就会读这些故事了，这里面有趣得很呢！你认识了再来教我。”

为了要当他的老师，也为了能看懂故事，我对认字产生了兴趣。我也开始收集香烟洋片。那时的香烟种类有大英牌、大联珠、大长城，等等。每种包装里都有一张彩色洋片。各自印的不同的故事：《封神榜》《三国演义》《西游记》《二十四孝》都有。而且编了号，但要收齐一套是很难的。一位大我十岁左右的堂叔，读书方面是天才，还写得一手好魏碑——老师却就是气他不学好，不用功。他喜欢偷酒喝、偷烟抽，尤其喜欢偷吃母亲晒的鸭肫肝。因此我喊他肫肝叔。他讲“三国”讲得真好听，又会唱京戏，讲着讲着就唱起来，边唱边做，刘备就是刘备，张飞就是张飞。连阿荣伯都心甘情愿偷偷从储藏室里打酒给他喝。我就从父亲那儿偷茄力克香烟给他抽。他有洋片都给我。我的洋片愈积愈多，故事愈听愈多，字也愈认愈多了。在老师面前，哪怕他把方块字颠来倒去，我都能确确实实地认得。老师称赞我“天分”很高，提前开始教“书”，他买来一本有插图的儿童故事书，第一天教的是司马光的故事，司马光急中生智，用大石头打破水缸，救出将要淹死的小朋友。图画上一个孩子的头伸出在破缸外面，还有水奔流出来。司马光张手竖眉像个英雄，那印象至今记得。很快地，我把全本故事书看完了，仍旧很多字不认识，句子也都是文言，不过可以猜。不久，老师又要教诗：“一去二三里，烟村四五家。亭台六七座，八九十枝花。”诗原来还可以数数呢。后来肫肝叔又教我一首：“一片两片三四片，五片六片七八片。九片十片无数片，飞入梅花都不见。”似乎说是苏老泉作的，我也不知道苏老泉是谁，肫肝叔说苏老泉年岁很大才开始用功读书，后来成为大文豪，所以读书用不着读得太早，读得太早了反而变成死脑筋，以后就读不通了。他说老师就是一辈子读不通的死脑筋，只配当私塾老师。他说这话时刚巧老师走进来，一个栗子敲在他头顶上，我又怕又好笑，就装出毕恭毕敬的用功样子。可是肫肝叔的话对我影响很深，我后来读书总读不进去，总等着像苏老泉似的，忽然开窍的那一天。

八岁开始读四书，《论语》每节背，《孟子》只选其中几段来背。老师先讲孟子幼年故事，使我对孟子先有点好感，但孟子长大以后，讲了那么多大道理我仍然不懂。肫肝叔真是天才，没看他读书，他却全会背。老师不在时，他解说给我听："孟子见了梁惠王，惠王问他，你咳嗽呀？（王曰叟）你老远跑来，是因为鲤鱼骨卡住啦（亦将有以利吾国乎？故乡土音'吾''鱼'同音）？孟子说不是的，我是想喝杯二仁汤（亦有仁义而已矣）。"他大声地讲，我大声地笑，这一段很快就会背了。老师还教了一篇《铁达尼邮船遇险记》。他讲邮船撞上冰山将要沉没了，船长从从容容地指挥老弱先上救生艇，等所有乘客安全离去时，船长和船员已来不及逃生，船渐渐下沉，那时全船灯火通明，天上繁星点点，船长带领大家高唱赞美诗，歌声荡漾在辽阔的海空中。老师讲完就用他特有的声调朗诵给我听，念到最后两句："慈爱之神乎，吾将临汝矣！"老师的声调变得苍凉而低沉，所以这两个句子我牢牢记得，遇到自己有什么事好像很伤心的时候，就也用苍凉的声音，低低地念起："慈爱之神乎，吾将临汝矣！"的确有一种登彼岸的感觉。总之，我还是非常感激老师的，他实在讲得很好，由这篇文章，我对文言文及古文慢慢产生了兴趣。后来他又讲了一个老卖艺人和猴子的故事给我听，命我用文言文写了一篇《义猴记》，写得文情并茂。内容是说一个孤孤单单的老卖艺人与猴子相依为命，有一天猴子忽然逃走了，躲在树顶上，卖艺人伤心地哭泣着，只是忏悔自己亏待了猴子，没有使它过得快乐幸福，猴子听着也哭了，跳下来跪在地上拜，从此永不再逃，老人也取下了它颈上的锁链。后来老人死了，邻居帮着埋葬他，棺木下土时，猴子也跳入墓穴中殉主了。我写到这里，眼泪一滴滴落下来，落在纸上，不知怎的，竟是越哭越伤心，仿佛那个老人就是我自己，又好像我就是那只跳进墓穴的猴子。确实是动了真感情的，照现在的说法，大概就是所谓的“移情作用”吧。老师虽没有新脑筋，倒也不是阿肝叔说的那样死脑筋，他教导我读书和作文，确实有一套方法。可惜他盯得太紧，罚得太严，教起《女诫》《女论语》时那副神圣的样子，我就打哆嗦。有一次，一段《左传》实在背不出来，我就学母亲捂着肚子装“胃气痛”，老师说我是偷吃了生胡豆，肚子里气胀，就在抽屉里找药丸。翘胡子仁丹跟蟑螂屎、断头的蜡烛和在一起，怎么咽得下去，我连忙打个嗝说好了好了。其实老师很疼我。他长斋礼佛，佛堂前每天一杯净水，一定留给我喝，说喝了长生不老，百病消除。加上母亲的那一杯，所以我每天清早得喝两杯面上漂着香灰的净水，然后跪在蒲团上拜了佛，才开始读书。老师从父亲的大书橱中取出来的古书冒着浓浓的樟脑味，给人一种回到古代的感觉。记得那部《诗经》的字体非常非常地大，纸张非常非常地细而白，我特别喜欢。可惜我背的时候常常把次序弄颠倒，因为每篇好几节都只差几个字，背错了就在蒲团上罚跪，跪完一炷香。起初我抽抽噎噎地哭，后来也不哭了，闻着香烟味沉沉地想睡觉，就伸手在口袋里数胡豆，数一百遍总该起来了吧。阿肝叔说得不错，人来此世界只为受苦，我已开始受苦了，不由得又念起那句文章："慈爱之神乎，吾将临汝矣！"晚上告诉母亲，母亲说："你不可以这样调皮。你要用功读书，我还指望你将来替我争口气。"我知道她为的是我喊二妈的那个人。二妈是父亲在杭州做大官时娶回的如花美眷，这件事着实伤了母亲的心，也使我的童年蒙上一层阴影。现在事隔将近半个世纪，二妈也去世整二十年，回想起她对我的种种，倒也并不完全出于恶意。有件事还不能不感激她，就是我能够有机会看那么多小说，正是由于她，她刚回故乡时，因杭州人言语不通，就整天躲在房里看小说，父亲给她买了不知多少小说，都用玻璃橱锁在他自己的书房里，钥匙挂在二妈腋下叮叮当当地响。我看了那些书好羡慕，却是拿不到手，老师也不许我看"闲书"。有一天，肫肝叔设法打开书橱，他自己取了《西厢记》《聊斋志异》等，给我取了《七侠五义》《儿女英雄传》，我们就躲在谷仓后面，边啃生番薯边看，看不懂的字问肫肝叔，怕二妈发现，我们得快快地看。因此我一知半解，不像肫肝叔过目不忘，讲得头头是道，但无论如何，我们一部部换着看，背着老师，倒也增长了不少"学问"。在同村的小朋友面前，我是个有肚才的"读书人"。他们想认字的都奉我为小老师，真是过足了瘾，可见"好为人师"是人之天性。阿荣伯为我在他看守橘园的一幢小屋里安排了条凳和长木板桌，那儿人迹罕至，我和小朋友们可以摆家家酒，也可以上课读书。我教起书来好认真，完全是一副铁面无私的样子，我

一去二三里，

烟村四五家。

亭台六七座，

八九十枝花。

的教材就是儿童故事书和那一套套的香烟洋片，我讲了故事再讲背后的“文章”，挑几个生字用墨炭写在木板上，学着老师教我的口气，有板有眼。还要他们念，念不出来真的就打手心，我清清楚楚记得有一次硬是把一个长工的女儿打哭了，她母亲向我母亲告状说我欺侮她，还起了一场小小的风波，我心里那份委屈，久久不能忘记。因此也体会到，每当老师教我时，我实在应该用心听讲，才不辜负当老师的一片苦心。

二妈双十年华，却也吃斋拜佛，照说应该和我母亲合得来，但她们各拜各的佛，连两尊如来佛都摆出各不相让、各逞威严的样子。二妈用杭州口音念《白衣咒》《心经》，非常好听。我印象最深的是她看小说也一句句大声地念出来，她看《天雨花》《燕山外史》等，念一句，顿一顿，我站在一边听呆了。她回脸瞪着我问：“你在这儿干什么？”我很自然地说：“听你念书呀。”她大声说：“小孩子不能看这些书。”我心想我并没有看，是你在看呀！但也懒得分辩，回瞪她一眼就走开了。但不幸的是有一天被她发现《红楼梦》不见了，她确定是我偷的，更糟的是父亲又发现书房里少了几幅名画、几部碑帖，两案并发，肫肝叔和我都受了严重的拷问。肫肝叔一切都承认了，一副视死如归的样子。他说拿碑帖是为了临摹，父亲当场叫他写字，他拿起笔一挥而就，写的是“南无阿弥陀佛”六个大字，露着一脸的得意。没想到父亲居然点了几下头说：“字倒是有天分，你以后索性从写字上下功夫。”肫肝叔奉命唯谨，父亲就叫他抄《金刚经》，抄朱伯庐先生治家格言。于是二妈的矛头转向我，低声地说：“小春，你应当专心读圣贤书，这种小说不是你应当看的。”她的声音温和里透着一股斩钉截铁的力量，这股力量是父亲给她的。从那时起，我就怕了她，也有点恨她。但是看闲书的欲望却愈来愈强烈，我怀着一份报复的心理，去看大人们不许看的书。《清官十三朝》《七剑十三侠》《春明外史》《施公案》《彭公案》……越看越觉得闲书比《左传》《孟子》有趣多了。老师看我昏昏沉沉的样子，索性开了书禁，每天指定我看几回《三国演义》，几回《东周列国志》，命我学《东莱博议》写人物史事评论，这下又苦了我了。肫肝叔却是文章洋洋洒洒，有一天他主动写了一篇《曹孟德论》，把曹操捧上天，说刘备是个“德之贼也”的乡愿，父亲和老师看了都连连点头。他得意地对我说，写议论文一定要有与众不同的见解，才可以出奇制胜。但我对议论文总是没兴趣的，因此古文中的议论文也不喜欢读。我背得最熟的是李白的《春夜宴桃李园序》、刘禹锡的《陋室铭》和欧阳修的《醉翁亭记》。好像自己也有飘然物外之感。

幸好这时，我的另一位在上海念大学的二堂叔暑假回来了。他带回好多杂志和新书。大部分都是横着排印的，看了好不习惯，内容也不懂，他说那都是他学“政治经济”的专门书。他送给我一本《爱的教育》和一本《安徒生童话集》，我说我早已读大人的书了，还看童话。他说童话是最好的文学作品之一，无论大人孩子都应当看。他并且用“官话”念给我听。他说“官话”就是人人能懂的普通话，叫我作文也要用这种普通话写，才能够想说什么就写什么，写得出真心话。老师不赞成他的说法。老师说一定要在十几岁时把文言文基础打好，年纪大点再写白话文，不然以后永不会写文言文了。我觉得老师的话也有道理，比如我读林琴南的《茶花女》《浮生六记》《玉梨魂》《黛玉笔记》等，那种句子虽然不像说话，但也很感动人，而且可以摇头摆尾地念，念到泪流满面为止。二叔虽然主张写白话文，他自己古文根基却很好。他又送我苏曼殊的《断鸿零雁记》，害我读得涕泪交流。这些“爱情”书，都是背着父亲和老师看的。我那时的兴趣早已从“除暴安良”的武侠转移到“海枯石烂”的言情了。十二岁的女孩子，就学着《黛玉笔记》的笔调，写了篇《碎心记》。放在抽屉里被老师看到了，他摆着一脸的严肃说：“文章还可以，只是小小年纪，不可以写这种悲苦衰烂的句子，会影响你的福分的。”其实我写的是母亲的心情，写得自认为非常哀怨动人。二叔也夸我写得好，说我以后可以写小说，不过要用白话文写。他叫我把他的故事写下来。原来他心里有一段非常罗曼蒂克的爱情。他喜欢侍候二妈的丫头阿玉。阿玉见了他，低垂着眼帘，含有说不完的情意，肫肝叔也喜欢她，她理也不理他，肫肝叔说：“她是应当喜欢二哥的，我不配。”从这一点看，肫肝叔是个心地很好的人。我教阿玉认字读书，二叔也买了整套的伟人故事书送她。肫肝叔说：“还是让她读《二十四孝》吧！那样她才能死心塌地地侍候二嫂，读新书她就会不甘心，她就会哭的。”他说得一点不错，阿玉一直忍，也一直哭，后来哭着被嫁给了船夫，全家就在一条乌篷船上飘飘荡荡，二叔对她的爱情也没个了结。在当时，他俩那种脉脉含情的样子看了真叫人心碎。我打算学郁达夫《迟桂花》的笔调来写，但后来进了中学，学算术、学英文，看闲书、写闲文的心情反而没有了。

我到杭州考取中学以后，吃斋念佛的老师觉得心愿已了，就出家当和尚去了。我心头去了一重读古书的压迫感，反而对古书起了好感。寒暑假，就在父亲的书橱中，随意取出一本本线装书来翻翻，闻到那股樟脑味，很思念老师。父亲要我有系统地读四史，《古文辞类纂》和《十八家诗钞》由他选了给我读，可是我只能按着自己的兴趣背诵，父亲有点失望，他说我将来绝不是个做学问的人，这一点是不幸而言中了。

从学校图书馆中，我借来很多小说和散文，尤其是翻译小说。父亲对朱自清、俞平伯的文章很欣赏，可是小说仍不赞成我多看。我倒也用不着像小时候那么躲着他偷看。那时中学课业不像现在繁重，课余有的是时间，我看了巴金、老舍、茅盾等人的小说，西洋小说中，我最爱罗曼·罗兰的《约翰·克利斯朵夫》，反复看了几遍，奥尔科特的《小妇人》是当英文课本念的，我们又指定看《好妻子》《小男儿》的原文，因为文字较浅。其他如《简·爱》《傲慢与偏见》《悲惨世界》亦使我爱不释手。尤其是《小妇人》和《简·爱》，我感到写小说并不难，只要有一颗充满“爱”的心。记得当时还模仿名家笔法，写了一个中篇小说《三姐妹》，大姐忧郁如林黛玉，日记都是文言文的，二姐是叛逆女性，三妹天真无邪，写得情文并茂，自谓熔《红楼梦》《小妇人》和《海滨故人》于一炉，此文如在，倒真是我的处女作呢。二妈向我借去《茶花女》和庐隐的《象牙戒指》，又一句句地念出声来，念完了偏又说：“如今的新派小说真啰唆，形容句子一大堆，又没个回目。”这么说着，却又向我再借，有时还看得眼圈儿红红的。在看小说上，我们倒成了朋友。我把这话告诉母亲，母亲深陷的眼神定定地看着我半晌说：“你们彼此能谈得来，我也放心不少。”母亲脸上表情很复杂，好像欣慰，又好像失去了什么。我心里很难过，我觉得圣贤书和罗曼蒂克的爱情至上主义很难协调，因此我把《红楼梦》看了又看，觉得书中人个个值得同情。对自己的家庭，我也作如是观，因此我一时豁达，一时矛盾，一时同情母亲，一时同情二妈。后来读了王国维的《〈红楼梦〉评论》，好像又进入另一种境界，想探讨人生问题、心性问题。教我“国文”的王老师叫我看《宋儒学案》、王阳明的《传习录》、胡适的《中国哲学史大纲》。可是对我来说，这些书都太深了，倒是《传习录》平易近人。

那时启发心智的书不及现在这么丰硕，我本是个不喜爱看理论书的人，父亲恨不得我把家中藏书都读了，我却毫无头绪地东翻翻西摸摸。先读《庄子》，读不懂了放下来再抽出《楚辞》来念，念着《离骚》和《九歌》时，不禁学着家庭老师凄怆的音调低声吟诵起来，热泪涔涔而下，觉得人生聚少离多，十分悲苦。心中脑中一团乱丝理不清，我写信给故乡的二叔和肫肝叔，他们的回信各不相同。二叔劝我读唐诗宋词，寄给我一本纳兰的《饮水词》、吴藻的《香南雪北词》与李清照的《漱玉词》，叫我细读。他说诗词是图画的、音乐的、哲学的，多读了对一切自能融会贯通。肫肝叔却叫我读《庄子》，读佛经，他介绍我看《景德传灯录》《佛说四十二章经》《心经浅说》。那阵子，我变得痴痴呆呆，无限虚无感、孤独感，觉得自己是个哲人，没有人了解我。王老师发现我在钻牛角尖，叫我暂时放下所有的书本，连小说也别看，撒开地玩。他时常带我们到湖滨散步。西湖风光四时不同，每处景物都有历史掌故，他风趣的讲解和爽朗的笑声，使我心胸开朗了不少。他说读书、交朋友、游山玩水三者应融为一体，才是完整的人生。所谓人生哲学当在日常生活中去体会寻求，不要为空洞的理论所困扰。他说“三更有梦书当枕，千里怀人月在峰”就是三者合一的境界。高中三年，王老师对我的启迪很多。他指导我速读和精读的方式，如何做笔记，如何背诵，如何捕捉写作的灵感。我渐渐感到生命很充实，自己在成长。成长中，大自然、朋友、书本是最好的伴侣。

父亲爱读书、藏书，也爱收集版本、碑帖和名家字画。杭州住宅书房中，有日本影印《大藏经》《四史精华》《四库全书》珍本、《三希堂》《淳化阁帖》，和许多善本名家诗文集。父亲每年夏天都去别墅云居山庄避暑，所以山上也有一部分他自己特别喜爱的书。放暑假后，我就上山陪他散步读书。别墅是三间朴素的小平房，绕屋是葱茏的细竹。四周十余亩空地一半是果园，一半种山薯玉蜀黍。山顶有一座小小茅亭，每天清晨我们在亭中行深呼吸，东方彩霞映照着烟波缥缈的钱塘江，左边是沉睡的西子湖。父亲晚年怀着避世的心情上山静养，勉励我要好好利用藏书，爱惜藏书，不要学不肖子弟，把先人的藏书字画都卖了。父亲说这话是很沉痛的，因为我是长女，妹妹才五岁，家中没有应门五尺的男童。所以我当时曾立誓要保存好父亲在杭州和故乡两地的全部藏书。没想到抗战军兴，父亲带了全家回故乡，杭州沦于敌手，全部书画就无法照顾了。

避乱故乡，父亲忧时伤事，身体一日不如一日，幸得故乡的书斋中，另有一套藏书，商务影印的《大藏经》《四部丛刊》《二十四史》《十三经注疏》……大伏天里，在城里工作的二叔特别回来帮我晒书，肫肝叔也来了，他还是那副吊儿郎当的样子，头发稀稀疏疏的，竟已像个老头子了。二叔则显得越发深沉了。父亲见了他很高兴，叫他帮着我把书房整理出来。父亲的书房在正屋右首边，隔一道青石大屏风。一幢单独平房内分三间，最外面一间摆着红木镶云母石面的长桌，以备赏画之用。进圆洞门另一长房间是书房，一边一张油木榻床，父亲看书倦了在此休息，右首套房是经堂，是父亲诵经静坐之处，书橱里是《藏经》。《四部丛刊》以及木版善本专集等，则放在外书房中，这一座书城已足够使二叔和我留恋了。肫肝叔在山中捡来一些松树的内皮，就着自然的笔磔拼成“听雨轩”三字，贴在圆洞门上，父亲看到了也点头赞许。经堂的落地门外是小院落，种着茂盛的水竹，风雨掠过，竹浪翻腾。在我的记忆里，好像这个小院落中，一直下着雨。也许是父亲和我都偏爱雨，喜欢在雨天到经堂里，燃起一炉檀香，隔着窗儿欣赏“万竿烟雨图”。

父亲病中喜读杜甫诗，大概是国难家仇，心境与少陵相似。因此影响我于学诗之初，就偏爱杜诗。我第一首律诗《怀西湖友人》就是由父亲改定的，记得当中四句是“三年湖海灯前梦，万古沧桑劫后棋。故国云山应未改，西湖筇屐倘相期”。

父亲兴来时也作诗，可惜他的诗稿于离乱中来不及带出，现在还记得几首，有一首记友人来访的诗：“具黍但园蔬，虚邀有愧子。倾杯迎故旧，备箸恕清疏。老至交情笃，乱来村里墟。瓯江幸地僻，还喜暂安居。”虽未见功力，却是款切自然。我们父女听雨轩中的岁月，还算过得悠闲。

二叔于星期假日，一定下乡陪父亲作上下古今谈。他读的新理论书比父亲多，我更不敢望其项背。他每于书橱中取出一部书，略略翻阅，便能述其梗概。他告诉我无论读古书、新书，都要能抓住重点，先看作者自序与目录，略读即可，不必逐字逐句推敲。如有兴趣，可摘录与自己相同及相反意见，并加批注，最好用活页，以所读书性质归类，不做笔记亦可，于书页上下空白处批注。纯文学书，如诗歌、散文，则可任意圈点。他说会读书的人，不但人受书的益处，书亦受人的益处。此话我时时牢记在心，和大学时夏老师的话不约而同。他诗词背得很多，用工楷抄了一本诗词选，题为《诗词我爱录》。后来我也学他把自己心爱诗词抄一本《诗词我爱录》。此抄本曾带来台湾，不意竟在办公室抽屉中不知被何人盗去，十分痛心。

他和父亲谈哲学、宋明理学，说来头头是道，连佛经他都看了不少。他并不赞成我年纪轻轻的就读佛经，却写了佛经上四句给我作座右铭："一切众生，莫不有心，凡有心者，皆当成佛。"他说佛经道理深奥，总括起来也就是"我心即佛"四字。"佛"即是最高之智慧。宋明理学无论是程朱、陆王，都未跳出这个道理，只是治学方法不同而已。他说肫肝叔虽也看佛经，却是自恃聪明，走火入魔，十分可惜。那时肫肝叔已不幸染上不良嗜好，处处躲着我父亲，见了二叔也是自惭形秽，默无一言。对我却始终推心置腹，他给我看他自叹的诗，记得其中四句是

“因无骨相饥寒定，只合生涯冷淡休。羞向鸡虫计得失，那堪儿女足酸愁。”我看了也只有叹息。父亲去世时，他于无穷悔恨中，作了一首挽联：“涕泪负恩深。忆十年诲谕谆谆，总为当时爱我切。人天悲路绝。对四壁图书浩浩，方知今日哭兄迟。”至今忆及，犹感怆然。这两位叔叔一样有极高天分，一样地读了很多书，却是气质如此迥异，人生观如此不同。这疑问，我到今天都时时在心。

父亲去世后，我又单身负笈沪上继续学业，大学的中文系主任夏承焘老师对我在读书方法上，另有一番指引。他说读书要“乐读”，不要“苦读”。如何是“乐读”呢？第一要去除“得失之心”的障碍，随心浏览，当以欣赏之心而不必以研究之心去读。过目之书，记得固然好，记不得也无妨。“四史”及《资治通鉴》先以轻松心情阅读，古人著书时之浑然气运当于整体中得之。少年时代记忆力强，自然可以记得许多，本不必强记，不记得的必然是你所不喜欢的，忘掉也罢。遇第一二次看到有类似故事或人物时自然有印象。读哲学及文学批评书时，贵在领悟，更不必强记。他说了个有趣的比喻：你若读到有兴趣之处，书中那一段，那几行就会跳出来向你握手，彼此莫逆于心。遇有和你相反意见时，你就和它心平气和辩论一番，所以书即友，友亦书。诗词也不要死死背诵，更不必记某诗作者谁属，张冠李戴亦无妨，一心纯在欣赏。遇有心爱作品，反复吟诵，一次有一次的领会，一次有一次的境界。吟诵多了自然会背，背多了自然会作，且不至局限于某一人之风格。全就个人性格发展，写出流露自己真性情的作品。他教学生以轻松的行所无事之态度读书，自己却是以极认真严肃态度做学问。他做了许多诗人、词人的年谱，对白石道人研究尤为深入。我也帮他整理许多资料，总觉研究工作很枯燥，他说是年龄境界未到，不必勉强；性格兴趣不相近，也不必勉强。

大学四年中，得夏老师“乐读”的启示，培养了读书的兴趣，也增加了写作的信心。卒业后避乱穷乡，举目无亲，心情孤寂，幸居近省立联高，就向图书馆借来西洋哲学书及翻译小说多种阅读。我写信给夏老师报告读书心得，也诉了一些内心的悲苦，他来信告诉我说：“近读狄更斯《块肉余生记》一书，反复沉醉，哀乐不能自主。自唯平生过目万卷，总不及此书感人之深。如有英文原本，甚盼汝重温数遍，定能益汝神智，富汝心灵，不仅文字之娱而已。”他也正在读歌德书，每节录其中警语相勉：“人乍各在烦恼中过活，但必须极肯定人生，乃能承受一切幻灭转变，不为所动，随时赋予环境以新意义、新追求，超脱命运，不为命运所玩侮。”他又说：“若无烦恼便无禅，望你以微笑之智慧，化烦恼为菩提，以磨刮出心性之光辉。”他指示我读西洋哲学之余，应当回过来再读《老子》。篇幅不多，反复读之，自能背诵。老子卒业后再读《庄子》，并命于万有文库中找出西塞罗文录来读其中说老一篇，颇多佳喻。

我写给他自己习作的词，他说：“文字同清空，但仍须从沉着一路作去。”他叫我不要伤春，不要叹年长，人之境界，当随年而长。他引僧肇《物不迁论》中句“旋岚偃岳而常静，江河竞注而不流”以勉励。他说：“年来悟得作诗作词，断不能但从文字上着力。放翁云：迩来书外有工夫。愿与希真共勉之。”他的来信，每一句话都像名山古刹中的木鱼清磬之音，时时敲击心头，助我领悟人生至理。曾记当年在沪上时，杭州陷于日寇，他曾有词咏孤山云：“湖山信美，莫告诉梅花，人间何世。独鹤招来，共临清镜照憔悴。”不知他面对日后生活的种种困境，清镜中更是怎样一副白发衰颜呢？

抗战后半期，我虽与恩师不曾同处一地，而书信往还，他对我读书为人为学，启迪实多。在那一段宁静的岁月中，我也确实读了一些书。但愈读愈感到在浩瀚书海中自身知识的贫乏，和分寸光阴的可贵。

胜利还乡，第一件事就是叩见恩师，并请他指点如何重整残缺的图书。因家园曾一度陷于日寇，听雨轩被日机炸毁一角。一部分藏书化为灰烬。复员回杭州，检点寓所与云居山庄两处的存书，许多善本、诗文集都已散失，《藏经》和碑帖亦已残缺不齐。这都是无法重补的书，实令人痛心。统计永嘉与杭州两处余书不及原来三分之一。追念父亲当年的托付之重，我乃尽力把《四部丛刊》《四部备要》及《四库全书》珍本等丛书中缺失者买来补齐，重新整理书房，且供上佛堂，也是对先人的一点纪念。没想到三十八年仓促中家人安危都成问题，故乡与杭州两处藏书，竟然无法抢救。眼睁睁看着先人余业，将被摧毁，于万分沉痛的心情之下，只得把杭州的藏书全部捐赠浙江大学图书馆，故乡的书全部捐赠籀园图书馆（孙仲容先生读书馆）。希望借了公家力量，保留一二，亦足以告慰先父的在天之灵。我当时仓皇离开杭州，行囊简便，自己特别心爱的几部书和父亲生前批注圈点过的书，都无法携带。只得郑重托付恩师，希望有一天能重见恩师，也领回硕果仅存的几部书。

二十多年来，我也陆陆续续买了不少自己喜爱的书，加上朋友们赠送的著作，我也拥有好几书橱的书了。但是想起大陆故乡和杭州两处数遭兵劫的万册藏书，焉得不令人魂牵梦萦？偶然在旧书摊上买到一部尘灰满面的线装书就视同至宝，获得一部原版影印的古书，就为之悠然神往。披览之际，就会想起童年时代打着哈欠背《左传》《孟子》时的苦况，怀念起所有爱护我的长辈和老师。尤其是当我回忆陪父亲背杜诗、闲话家常时的情景，就好像坐在冬日午后的太阳里，虽然是那么暖烘烘的，却总觉光线愈来愈微弱了。太阳落下去明天还会上升，长辈去了就是去了，逝去的光阴也永不再回来。春日迟迟中，我坐在小小书房里，凌凌乱乱地追忆往事，凌凌乱乱地写，竟是再也理不出一个头绪来，我只后悔半生以来，没有用功读书，没有认真做学问。生怕渐渐地连后悔的心情都淡去，只剩余一丝丝怅惘，那才是真正的悲哀呢！

山顶有一座小小茅亭,每天清晨我们在亭中行深呼吸,东方彩霞映照着烟波缥缈的钱塘江，左边是沉睡的西子湖。

云居书屋

在杭州城隍山旁边的云居山上，有着翠绿如烟的修竹。修竹丛中，露出红瓦砖墙的一幢小房子，就是我父亲退休后读书养病的小别墅，父亲名之谓“云居书屋”。那不是什么富丽的建筑，只是朴素的三间小平房。可爱的是绕屋的葱茏松柏与四季不绝的姹紫嫣红。屋的四周一共有十八亩空地，父亲把一半辟为果园，种了水蜜桃与李子；另一半种山薯与玉蜀黍；外面再围上一圈青翠的水竹。让幽篁隔绝了烦嚣的尘世。

一年里，除了冬天，父亲大部分时间住在山上；夏天，更是我们全家上山避暑的季节了。累累的水蜜桃与李子，鲜甜欲醉；

新出土的山薯与玉蜀黍，比市上买的更是可口。如果不为了学校开学，我真愿意一直伴着父亲，在琅琅的读书声中，享受无尽的慈爱，和田园的情趣。

山顶有一座小小的茅亭，每天清晨，父亲与我站在亭子里行深呼吸，东方的云层由紫绛而渐转粉红，云彩下映照着烟波渺渺的钱塘江。凝眸久望，虽看不见点点帆影，可是它带给你新的理想、新的梦。父亲曾为我讲钱谬王射潮的故事，引起我浩然的意兴。左边是沉睡的西子湖，在淡淡的晨雾里更益显得娇媚而慵懒。父亲望着日出，感慨地对我说："在山中才充分享受着一天的乐趣，生命似乎也长得多，可是每见'白日依山尽'，又使人分外感到一天太容易过去了。岁月不居，望你努力读书，培养学问，我已耄耋，这满屋的藏书，就完全交给你了。"这几句话，深深地铭刻在我心头，一晃眼竟过去二十年了。

父亲爱读书、藏书，也爱搜集版本、碑帖与名家字画。记得我们有一次回故乡，带了一部从日本买来的《藏经》回家，在埠头起岸时，雇了许多脚夫来抬箱子，脚夫问箱里是什么，父亲只简单地回答他们说："是经。"脚夫不由得一个个伸着舌头说："这么多金子呀！"我才大笑着告诉他们："是佛经，不是黄金。"可是在他们眼里，衣锦荣归的父亲是应该有这许多金子的。

故乡的藏书阁里，除了《藏经》以外，还有《四部丛刊》《二十四史》《十三经注疏》《淳化阁帖》，以及许多善本、唐宋名家诗文专集、《宋明学案》、元明清戏曲小说等，父亲自己最喜欢的是诗文，所以许多诗集文集，都是经他自己圈点过的。他最爱的是一部苏东坡写的诗集，与弘一法师写的《金刚经》，无论在故乡或杭州，他都是随身带着的。其他还有不少幅名人字画。如改七芗、仇十洲、唐寅的仕女，赵子昂的马，祝枝山的竹，彭玉麟的梅花，康有为、翁同龢、樊樊山、沈曾植的字，虽不见得都是真迹，可是闲来展玩，自有一份悠然的情趣。在杭州，父亲又买了商务印书馆刊印的《藏经》、《四库全书》珍本、《疆村丛书》《四史精华》，中华书局刊印的《四部备要》以及其他诗集文集多种，朋友又送了他一部《三希堂》。他把一部分最心爱的书移藏在云居书屋，每年夏天都要搬出来仔细地晒一次，撒上樟脑粉，然后有条不紊地排列在书橱里。

父亲有一位对金石有研究的朋友，常来与父亲研究书画的真伪，并为父亲刻了一个“云居书屋藏”的图章。父亲命我在每册书的首页盖上这个章，我却常发现里面也有某某楼藏书的印章，便捧去问父亲那书的来源。

“谁知道呢？”父亲感慨地说，“总是谁家不肖子弟，无以为生，把先人的心爱遗物，随便拿来卖了。小春，你要牢牢记住，这都是我的心爱之物，也是我唯一遗留给你的，你要珍重看待啊！”父亲沉痛的语调，曾使我心中数日不安，我暗自发誓：“无论如何流离颠沛，我绝不抛弃保管这些书籍的责任。”

不久抗战军兴，举家避乱故乡，父亲于次年病逝。当病势沉重时，他对我说：“局势如此，你是个女孩子，而且学业未成，兵荒马乱中，怕保不了杭州与永嘉两处的藏书，如万一有大变，永嘉的藏书就捐赠籀园图书馆吧！”（籀园在永嘉城里，是瑞安孙仲容先生读书处，藏书数万卷，后改为图书馆。）我咽着眼泪领受了他的遗言，可是内心又怎么舍得这样做呢？负笈上海，第一年暑假回家晒书，与叔叔一同整编书目。那时杭州沦于敌手，云居书屋的书根本无法照顾。嗣后永嘉又不幸两次陷敌，我在上海因港口封闭无法回乡，曾屡次函告庶母，无论如何，要将父亲的藏书运置安全处所。庶母来信说：“最要紧的是你父亲的灵柩要运到山中祠堂里，其次是红木家具与衣物，书籍实在无法搬运了。”我得到此信忧急万分，可关山阻隔，着急又有何用？敌军撤退以后，我回到故乡，家园已满目疮痍，书斋被敌机炸毁一角，一部分藏书已化为灰烬，《淳化阁帖》被窃数本，只有放在外厅的《二十四史》尚得安然无恙。我和叔叔将残书一一整理，为了纪念先人，也就愈加爱惜这些残缺的书籍。我选出其中经父亲圈点过的几部诗文集，另放一个书箱，胜利以后随身带到杭州。到了杭州，第一件事就是开启书橱，啊！所有的书统统颠倒混乱不堪，也不知其中缺了多少。次日又赶到云居书屋。谁知父亲最心爱的几部书，竟已被看管房子的工人称斤论两地卖掉了。果园中的桃李树，大部分亦被砍去，问他说是日本人盘踞时糟蹋的。目睹此种情景，令人心痛不已。我把第二批的残书整理在几只箱子里，运回城中寓所。寓所书斋中混乱无绪的书籍，《三希堂》缺了一半，《藏经》少去一册，木版善本完整的只有《昭明文选》《佩文韵府》《十八家诗钞》《李义山诗集》。而《东坡诗文集》《白香山诗集》《李杜诗集》《疆村丛书》等都不知去向。《四史精华》与《左传》各剩下十余本。《四库全书》珍本存余的比《四部备要》多。我一算杭州永嘉两处的书，总共存余的不及原来三分之一。丛书方面，因限于经济能力，只选比较重要的重新买来补齐。善本书无法购补，《藏经》与《四库全书》珍本因商务停止刊印无法再补。自己又买了几部词集一一分类编目，收藏在父亲书房中。《藏经》放在三楼，供如来佛一尊，作为庶母念佛的经堂。

我那时因几处兼职工作甚忙，竟很少有读书的时间。偶尔得闲，坐在书房中，望着父亲的照片与这些仅有的图书，想起历年来的变故沧桑，不胜感慨唏嘘。我又何曾想到将来会连这一点点书籍亦无力保存呢?

三十八年春，烽火已逼近大江以北，庶母在荒乱中忙着将贵重的毛皮衣饰细软，装成十只大皮箱，托朋友先运台湾。而对于浩劫后仅存的图书，却一点也无法顾及。我闻讯匆匆从苏州赶回，此时京沪杭一带，人心鼎沸。家中没有一个强壮的男人，帮我们策划进退。一筹莫展中，想起了父亲临终的遗言：“如逢大变，你保不了这些书籍，就把它捐给图书馆吧！”我自恨不能于危急中安顿家庭，自己再图撤退，回首当日与图书共存亡的誓言，不禁放声痛哭。只得与浙大校长商议，将全部图书捐赠浙大图书馆，一则是先人遗业，不忍任其散乱，借着公家的力量，或可保存一二。一则万幸将来能保存的话，不仅为先人留永久纪念，亦使学生们多一些参考研读的资料。如此决定以后，第二天浙大就放来专车三辆，将《藏经》与书籍运去。我对着空空的四壁，不由得潸然泪下。我又特地将父亲圈注过的几部书郑重地捧给夏老师，托他代为保管。因为那时我除了一身衣服，与一只小提箱外，已什么都不能带了。到了上海，我又赶寄一封信给在永嘉的叔叔，请他将留存故乡的书籍，都捐赠籀园图书馆，免失散流落。如此处理虽感万分不忍，可是于无可如何中，也算履行了父亲的遗言了。

现在回忆当年对着琳琅满目的书卷，为父亲漫研朱墨，圈点诗书的乐趣，此生永不可再得，我悼念先人，也痛心于两次因浩劫而失去的图书。

不敢说自己是淡泊，但能如此安于现状，不能不感谢童年时代那位认不得几个大字的阿荣伯。

少年读书，如隙中窥月；

中年读书，如庭中望月；

老年读书，如台上玩月。

自己的书房

新加坡一位诗人好友久未来信，正惦念中，他的信到了，龙飞凤舞的字里，看出他的忙碌和兴高采烈。他告诉我最近搬了家，忙得人仰马翻，但高兴的是，十多年来读书写诗，今天才算真正有一间属于自己的书房。

我也好为他欣喜。一间属于自己的书房，多么让人感到舒畅、自由又温暖。

环顾我自己呢？我就坐在客厅与饭厅的餐桌一角，读书、写稿。晚上他在家时，我们各据一方，一盏高而老的台灯，还是朋友从地下室淘出来送给我的。古色古香的灯罩上，我自己涂上了猫狗的儿童画。灯光一透出来，它们就活了，对我跳、对我笑，愈看愈满意自己的杰作。

我们在灯下看书报、谈心、涂涂写写。他那不熟练的打字机声，嗒嗒的，很有节奏，但不致催我入梦，因为我正陶醉在诗词或小说里。有时念两句名句与他共享，他就会用四川乡音朗吟起来，那倒真有点催眠作用了。讲小说故事或技巧，他是不大有兴趣听的，因为他略微缺少点“文学的想象力”，他的兴趣在“踏踏实实的生活”上，如何改善生活，如何增进健康是他喜欢研究的。我们虽道不同，仍可相与谋，因为我稿费的微薄收入归他经管，他的饮食归我料理。因此一同挑灯夜读，仍旧其乐融融。

我们的书，从台湾带来一部分心爱的，来此后也陆续添了不少，但我们一直没有买书橱。就由他的巧手用卡通箱自制，倚着墙壁一字排开，他编的书目分类可使我信手抽出书来。“书橱”背上摆了各色盆花，迎着窗外的风和日丽，欣欣向荣。屋子坐北朝南，他说“风水”是最好的。不管风水吧，至少当窗的景观是这一批小区房屋中最好之一。远处是青山绿树，近处是各型玲珑的房屋，屋前院子里四季花木扶疏。一到晚上，那远远近近的灯光令你着迷，静悄悄的小镇，就像属于你一个人的了。

我的“书房”，就是如此令我满意，尽管它是如此地简陋。

说实在的，我始终未曾有过一间真正的书房。但过去每间简陋的书房，都使我留下一段温馨的怀念。

刚到台湾时，行囊中只有《唐宋名家词选》一部小书，和一本手抄的《诗词我爱录》（此书后来被一位爱书贼窃去，至为心痛）。工作安定以后，才在重庆南路、南昌街省吃俭用地添购一些书。开始写作以后，文友赠书渐增，心灵天地也拓宽了。

但那时我的书房，上即是办公大楼底层，不满四迭的一间宿舍，书桌是一张有靠手的藤椅，上加一块他自己刨制的光滑木板。木板是万能的，移来移去当餐桌、当缝纫桌，也当书桌。书柜是三层木架，饰以绿帘。在那方寸的木板上，我有过泉涌的灵感，写下不少篇章。在楼上的办公室里，我也理出一角，在夜晚可以上来静静地看书写稿。白天，即使是在嘈杂的谈话声或打字机声中，我仍可抽空阅读。二十多年的公务员生涯，我就在忙碌的工作中，不忘旧业、培养兴趣。在我心中，一直有一间“自己的书房”。我总尽量保有“亭子小如斗，我心宽似天”的境界，我从来没有羡慕别人富丽堂皇的房屋。

不敢说自己是淡泊，但能如此安于现状，不能不感谢童年时代那位认不得几个大字的阿荣伯。是他给我建造了第一间书房。在那里面，我很满足地感到方寸之地，便是自己的天地。在那里面，我早早养成易于满足的性格。

那时，乡间房屋虽大而松散，族里来往的亲戚多，好像每间屋子都有人住，总有人进进出出。我从小是个喜欢有个自己角落的人，而老师教我读书的书房又是那么地冰冷严肃。于是巧手的阿荣伯，就为我在楼上罕有人到的走马廊的一角，用木板隔出一间小小的房间。有一面倚着栏杆，可以远眺青山溪流与绿野平畴。阳光空气既好，又少蚊蝇来袭，有时小鸟飞来，停在栏杆上，友善地和我对望片时又悠然飞走。阿荣伯教我以小米喂它们以后，它们都停到我手背上来了。

房间里有一张小木桌一张小木凳、一个矮木箱，木箱里面藏的是老师不许看的小说与小朋友交换来的香烟画片，还有阿荣伯的木炭画（那是他用木炭在粗纸上描的关公、张飞。是他最敬佩的两位“神佛”。他说赵子龙太年轻了，画不好。关公和张飞的胡子很好画）。我坐在里面，为的是逃学、偷看小说、吃花生糖、吃炒米糕、吃橘子。那都是趁母亲不备时偷来的，装在一个盒子里慢慢地吃。阿荣伯给我的是田里拔来的嫩番薯、嫩萝卜，都是母亲不许生吃的。阿荣伯说吃点泥土才会百病消除，长大得更快。

小书房曾一度被父亲命令拆除，阿荣伯再为建造。我那时还不到十岁，因母亲的忧郁感染了我，常使我觉得做人好苦，而萌逃世之念。阿荣伯说：“把心思放在一样事情上，定一个心愿去做就快乐了。”他的话很有道理，我就专心看小说，也背书，比在老师教我读书的真正书房里专心得多。因为这是我喜欢的地方，使我有遗世独立之感。

我长大了，要出门求学，不能永远待在那间小书房里。可是小书房一直是我留恋记挂的。多少年后回到家乡，赶紧跑到楼上走马廊的一角看看，木板屋尚未拆除，里面小桌、小凳都已不知去向，木箱仍在，里面还剩了一本《西游记》。我呆呆地站在那里，小时候的情景一幕幕想起来。木板小屋是阿荣伯的手艺，是他为我建造的书房。我的童年在此度过。阿荣伯教我的话，我也仍牢记心头。我虽不能再坐在这里面读书，但这间书房将永远在我心中。

今天，我清清静静地坐在书桌边，抬目望窗外艳阳下的好风景，童年时代的第一间书房便涌现心头。它启示我如何排除忧患，知足常乐。

读书琐忆

我自幼因先父与塾师管教至严，从启蒙开始，读书必正襟危坐，面前焚一炷香，眼观鼻、鼻观心，苦读苦背。桌面上放十粒生胡豆，读一遍，挪一粒豆子到另一边。读完十遍就捧着书到老师面前背。有的只读三五遍就琅琅地会背，有的念了十遍仍背得七颠八倒。老师生气，我越发心不在焉。肚子又饿，索性把生胡豆偷偷吃了，宁可跪在蒲团上受罚。眼看着袅袅的香烟，心中发誓，此生绝不做读书人，何况长工阿荣伯说过："女子无才便是德。"他一个大男人，只认得几个白眼字（家乡话形容少而且不重要之意），他不也过着快快乐乐的生活吗？

但后来眼看五叔婆不会记账，连存折上的数目字也不认得，一点辛辛苦苦的钱都被她侄子冒领去花光，只有哭的份儿。又看母亲颤抖着手给父亲写信，总埋怨词不达意，十分辛苦。父亲的来信，潦潦草草，都请老师或我念给她听，母亲劝我一定要用功。我才发愤读书，要做个“才女”，替母亲争一口气。

古书读来有的铿锵有味，有的拗口又严肃，字既认多了，就想看小说。小说是老师不许看的“闲书”，当然只能偷着看，偷看小说的滋味，不用说比读正经书好千万倍。我就把书橱中所有的小说，一部部偷出来，躲在远离正屋的谷仓后面去看。此处人迹罕到，又有阳光又有风。天气冷了，我发现厢房楼上走马廊的一角更隐蔽。阿荣伯为我用旧木板就墙角隔出一间小屋，屋内一桌一椅。小屋三面木板，一面临栏杆，坐在里面，可以放眼看蓝天白云，绿野平畴。晚上点上菜油灯，看《西游记》入迷时忘了睡觉，母亲怕我眼睛受损，我说栏杆外碧绿稻田，比坐在书房里面对墙壁熏炉烟好多了。我没有变成四眼田鸡，就幸得有此绿色调剂。

小书房被父亲发现，勒令阿荣伯拆除后，我却发现一个更隐蔽的安全处所。那是花厅背面廊下长年摆着的一顶轿子。三面是绿呢遮盖，前面是可卷放的绿竹帘。我捧着书静静地坐在里面看，绝不会有人发现。万一听到脚步声，就把竹帘放下，格外有一份与世隔绝的安全感。

我也常带左邻右舍的小游伴，轮流着两三人挤在轿子里，听我说书讲古。轿子原是父亲进城时坐的，后来有了小火轮，轿子就没用了，一直放在花厅走廊角落里，成了我们的世外桃源。游伴们想听我说大书，只要说一声“我们进城去”就是钻进轿子的暗号。

在那顶轿子书房里，我还真看了不少小说呢。直到现在，我对于自己读书的地方，并不要求如何宽敞讲究，任是多么简陋狭窄的房子，一卷在手，我都能怡然自得，也许是童年时代的心理影响吧。进了中学以后，高中的语文老师王善业先生，对我阅读的指导、心智的发现至多。他知道我已经看了好几遍《红楼梦》，就教我读王国维《〈红楼梦〉评论》。由小说探讨人生问题、心性问题。知道我在家曾读过《左传》《孟子》《史记》等书，就介绍我看朱自清先生《古书的精读与略读》，指导我如何吸取消化。那时中学生的课外书刊有限，而汗牛充栋的旧文学书籍，又不知如何取舍。他劝我读书不必贪多，贪多嚼不烂，徒费光阴。读一本必要有一本的心得，读书感想可写在纸上，他都仔细批阅。他说：“如是图书馆借来的书，自己喜爱的章句当抄录下来，如果是自己的书，尽管在书上加圈点批评。所以会读书的人，不但人受书的益处，书也受人的益处。这就叫作我自注书书注我了。”他知道女生都爱背诗词，他说诗词是文学的、哲学的，也是艺术音乐的，多读对人生当另有体认。

他看我们有时受哀伤的诗词感染，弄得痴痴呆呆的，就叫我们放下书本，带大家去湖滨散步，在照耀眼的湖光山色中讲历史掌故、名人逸事，笑语朗朗，顿使人心胸开朗。他说读书与交友像游山玩水一般，应该是最轻松愉快的。

高中三年，得王老师指导至多，也培养起我阅读的兴趣与精读的习惯。后来抗战期间，避寇山中，颇能专心读书，勤做笔记。也曾手抄喜爱的诗词数册，可惜于渡海来台时，行囊简单，匆遽中都未能带出，使我一生遗憾不尽。现在年事日长，许多读过的书，都不能记忆，顿觉腹笥枯竭，悔恨不已。

大学中文系夏瞿禅老师对学生读书的指点，与中学时王老师不谋而合。他也主张读书不必贪多，而要能选择，能吸收。以饮茶为喻，要每一口水里有茶香，而不是烂嚼茶叶。人生年寿有限，总要有几部最心爱的书，可以一生受用不尽。有如一个人总要有一二知己，可以托生死共患难。经他启发以后，常感读一本心爱之书，书中人会伸手与你相握，彼此莫逆于心，真有上接古人，远交海外的快乐。

最记得他引古人之言云：“案头书要少，心头书要多。”此话对我警惕最多。几年来总觉案头书愈来愈多，心头书愈来愈少。这也许是忙碌的现代人同样有的感慨。爱书人总是贪多地买书，加上每日涌来的报刊，总觉时间精力不足，许多好文章错过，心中怅惘不已。

回想当年初离学校，投入社会，越发感到“书到用时方恨少”。而碌碌大半生，直忙到退休，虽已还我自由闲身，但十余年来，也未曾真正“补读生来未读书”。如今已感岁月无多，面对爆发的出版物，浩瀚的书海，只有就着自己的兴趣，与有限的精力时间，严加选择了。

我倒是想起袁子才的两句诗：“双目自将秋水洗，一生不受古人欺。”我想将第二句的“古”字改为“世”字。因他那时只有古书，今日出版物如此丰富，真得有一双秋水洗过的慧眼来选择了。

所谓慧眼，也非天赋，而是由于阅读经验的累积。分辨何者是不可不读之书；何者是可供浏览之书；何者是糟粕，弃之可也。如此则可以集中心力，吸取真正名著的真知灼见，拓展胸襟，培养气质，使自己成为一个快乐的读书人。

清代名士张心斋说：“少年读书，如隙中窥月；中年读书，如庭中望月；老年读书，如台上玩月。”把三种不同境界，比喻得非常有情趣。隙中窥月，充满了好奇心，迫切希望领略月下世界的整体景象。庭中赏月，则胸中自有尺度，与中天明月，有一份莫逆于心的知己之感。台上玩月，则由人乎其中，而出乎其外，以客观的心怀、明澈的慧眼，透视人生景象。无论是赞叹，是欣赏，都是一份安详的享受了。

河里涨大水，稻田都被淹没了，漆黑的夜里，妈妈带着我坐乌篷船在水上漂，不知要漂到哪里。

留予他年说梦痕

十岁时，家庭教师教我背千家诗，背得我直打哈欠。他屡次问我长大了要当个什么，我总心不在焉地回答说：“当诗人。”他又生气地说：“岂止是诗人，还要会写古文，写字，像碑帖那样好的字，这叫作文学家。”

“文学家”这个名字使我畏惧，那要吃多少苦？太难了，我宁可做厨子，做裁缝师傅。烧菜和缝衣比背古文、背诗有趣多了。

父亲从北平回来，拿起我的作文簿，边看边摇头，显然他不满意我的“文章”。我在一旁垂手而立，呼吸迫促而低微，手心冒着汗。老师坐在对面，定着眼神咧着嘴，脸上的笑纹都像是用毛笔勾出来似的，一动也不会动。大拇指使劲拨着十八罗汉的小圈念佛珠，啪嗒啪嗒地响。我心里忽浮起一阵获得报复的快感，暗地里想：“你平日管教我那么凶。今天你在爸爸面前，怎么一双眼睛瞪得像死鱼？”父亲沉着声音问他：“她写给我的信，都是你替她改过的吗？”他点点头说：“略微改几个字，她写信比作文好，写给她哥哥的信更好。”提起哥哥，父亲把眉头一皱，我顿时想起那篇为哥哥写的祭文，满纸的“呜呼吾兄”“悲乎”“痛哉”，老师在后面批了“峡猿蜀宇，凄断入肠”八个字。我自己也认为写得不错，因为我每次用读祭文的音调读起来时，鼻子就酸酸地想哭。老师不让我把祭文给爸爸看，怕引起他伤感，如今他又偏偏提哥哥。父亲严肃地对我说：“你要用功读书，爸爸只你一个孩子了。”他的眼里滚动着泪水，我也忍不住抽噎起来，他又摸摸我的头对老师说：“你还是先教她作记事抒情的文章吧，议论文慢点作。”

父亲的话是有道理的，此后凡是我喜欢的题目，作起来就特别流畅。“文学家”三个字又时常在我心中跳动。像曹大家、庄姜、李清照那样的女文学家，多体面、多令人仰慕！可是无论如何，背书与学字总是苦事儿，我宁愿偷看小说。

我家书橱里的旧小说虽多，但橱门是锁着的，隔着一层玻璃，可望而不可即。跟我一同读书的小叔叔，诡计多端弄来一把钥匙，打开橱门，我就取之不尽地偷看起来。读了《玉梨魂》与《断鸿零雁记》，还躺在被窝里，边想边流泪。在上海念大学的堂叔又寄来几本《瓯江青年》与旧的《东方杂志》，对我说这里面的文章才是新式白话文，才有新思想，叫我别死啃古文，别用文言作文，文言文写不出心里想说的话。我有点半信半疑，读《瓯江青年》倒是越读越有味，《东方杂志》却是好多看不懂。堂叔的信和杂志，不小心被老师发现了，他大为震怒地说："你，走路都还不会就想飞！"信被撕得粉碎，丢进了字纸篓。我在心里发誓"我就偏偏要写白话文，我要求爸爸送我去女学堂，我不要跟你念古文"。

老师没有十分接受父亲的劝告，他仍时常要我写议论文，"楚项羽论""衣食住三者并重说""说钓"，我咬着笔管，搜索枯肠，总是以"人生在世""岂不悲哉"交了卷。我暗地里却写了好几篇白话文，寄给堂叔看。他给我圈，给我改，赞我文情并茂。有一次，我写了一篇《白绣球》，内容是哭哥哥的。这株绣球树是哥哥与我未分离前，一同看阿荣伯种的。绣球长大了每年开花，哥哥却远在北平不能回来。今年绣球开得特别茂盛，哥哥却去世了，白绣球花仿佛是有意给哥哥穿素的。我写了许多回忆、许多想哥哥的话，愈写愈悲伤，泪水都一滴滴地落在纸张上，母亲看我边写边哭，还当我累了，叫我休息一下。我藏起文章不给她看到，只寄给堂叔看。他来信说我写得太感动人，他都流泪了，叫我把这篇文章给父亲看，我却仍不敢。一则怕父亲伤心，二则怕他看了白话文会生气。这篇"杰作"，就一直被保存在书夹里，带到杭州。

十二岁到了杭州，老师要出家修道，向父亲提出辞馆。我心里茫茫然的，有点恋恋不舍他的走，又有点庆幸自己以后可以“放生”了：我家住所的斜对面正是一所有名的“女学堂”。我在阳台上眼望着短衣黑裙的“学堂生”，在翠绿的草坪上拍手戏逐，好不羡慕。正巧父亲一位好友孙老伯自北平来我家，他是燕京大学的某系主任，我想他是洋学堂教授，一定喜欢白话文，就把那篇《白绣球》的杰作拿给他看，并要求他劝父亲许我去上女学堂。他看了连连点头，把我的心愿告诉了父亲。父亲摇摇头说：“不行，我要她跟马一浮老先生做弟子。”孙老伯说：“马一浮是研究佛学的，你要女儿当尼姑吗？”我在边上忽然“哇”的一声哭起来，父亲沉着脸，无动于衷的样子。我眼泪汪汪地望着孙老伯，仿佛前途的命运就系在他的一句话上了。第二天，父亲在饭桌上忽然对老师说：“你未出家以前，给小春补习一下算术与党义，让她试试看考中学。”我一听，兴奋得饭都咽不下。“爸爸，您真好！”我心里喊着。

两个月的填鸭，我居然考取了斜对面那个女学堂，从此我也是短衣黑裙的女学生。老师走后，我再不用关在家里啃古书了。

在学校里，为了表现自己的学问，白话文里故意夹些文言字眼，都被老师划去了，我气不过，就正式写了篇洋洋洒洒的“古文”，老师反又大加圈点，批上“凤毛麟角，弥足珍贵”八个大字，我得意得飘飘然，被目为班上的“国文大将”。壁报上时常出现我的“大作”，我想当“文学家”的欲望，又油然而生。可是寄到《浙江青年》的稿子总被退回来，我又灰心了。

进了高中以后，老师鼓励我把一篇小狗的故事再寄去投稿。“包你会登！”他跷起大拇指说。果然，那篇文章登出来了，还寄了两元四角的稿费。闪亮的银圆呀，我居然拿稿费了，我把四角钱买了一支红心“自来铅笔”送老师，两块银圆放在口袋里叮叮当当地响，神气得很。

我又写了一篇回忆童年时家乡涨大水的情景，寄去投稿，又被登出来了，稿费是三块，涨价啦。那篇文章我至今仍记得一些，我写的是“河里涨大水，稻田都被淹没了，漆黑的夜里，妈妈带着我坐乌篷船在水上漂，不知要漂到哪里。船底滑过稻子尖，发出沙沙的声音，妈妈嘴里直念着阿弥陀佛，我却疲倦得想睡觉。蒙眬中，忽然想起哥哥寄给我的大英牌香烟画片不知是不是还在身边，赶紧伸手在袋里一摸，都在呢，拿出来闭着眼睛数一遍，一张不少，又放回贴身小口袋里，才安心睡着了。”老师说我句句能从印象上着笔，且描绘出儿时心态，所以好。由于他的鼓励与指点，我阅读与学习写作的兴趣更浓厚了。可是在中学六年，我的“国学”完全丢开了，这是使父亲非常失望的一点。高中毕业，他又旧事重提：要我拜马一浮先生为师。我又急得哭了。

我的志愿是考北平燕京大学外文系，洋就索性洋到底。可是父亲的答复是“绝对不许”。他一则不放心我远离，二则不许我丢开“国粹”学“蟹行文字”。我偷偷写信给燕京的孙老伯，第二次为我做说客，好不容易说动了父亲，折中办法是念杭州之江，必定要念中国文学系。因为国文系有一位夏承焘先生，是父亲赏识的国学大师，他是浙东大词人之一，父亲这才放心了。

之江也是教会学校，一样地洋里洋气，寥寥可数的几个国文系学生，男生一定穿长褂子，女生一定是直头发。在秀丽的秦望山麓，雄伟的钱塘江畔，独来独往，被目为非怪物即老古董。夏老师呢，一个平顶头，一袭长衫，一口浓重的永嘉乡音，带着一群得意门生，在六和塔下的小竹屋里吃完了“片儿汤”，又一路步行到九溪十八涧。沏一壶龙井清茶，两碟子花生米与豆腐干，他就吟起词来：“短策暂辞奔竞场，同来此地乞清凉。若能杯水如名淡，应信村茶比酒香。无一语，答秋光，愁边征雁忽成行。中年只有看山感，西北栏杆半夕阳。”

他飘逸的风范和淡泊崇高的性格，可从这首词里看得出来。他对学生不仅以言教、以身教，更以日常生活教。随他散一次步，游一次名胜，访一次朋友，都可于默默中获得作文与做人方面无穷的启迪。他看上去很随和，有时却很固执。一首词要你改上十几遍，一字不妥，定要你自己去寻求。他说做学问、写文章都一样，“先难而后获”。别人改的不是你自己的灵感，你必须寻找那唯一贴切的字眼。

他说灵感像猫，“觅时偏不得，不寻还自来”，是强求不得的。有一天傍晚，我随他在林中散步，他吟了两句诗：“松林细语风吹去，明日寻来尽是诗。”他说：“松林中细语，被风吹去，似了无痕迹，但心中那一刹那间美的感受，却慢慢酝酿成为诗、成为文，绝不是勉强得来的。”这是他作诗为文的态度，也是他行云流水似的风格。他说话不多，但每句话，都像名山古刹中的木鱼清磬，一声声飘落在你心田里，隽永而耐人寻思。

大学四年，我鲁钝的资质并未学得什么，而夏老师春风化雨的熏陶，却使我领会了人生的乐趣，不在争名逐利，而在读书写作，以及工作过程中的那一份欢愉的感受。

“留予他年说梦痕，一花一木耐温存。”这是他的词，他说人生固然短暂，而生活却是壮美的。生涯中的一花一木、一喜一悲都当以温存的心，细细体味。哪怕当时是痛苦与烦恼，而过后思量，将可以化痛苦为信念，转烦恼为菩提。使你有更多的智慧与勇气，面对现实。

别老师后，他的词与他的诲谕时时在心。抗战期间，我尝尽了生离死别之苦，避乱穷乡，又经历了许多惊险，在工作中，我也领略到人间炎凉与温暖的滋味。我渐渐地长大了，我懂得，人要挣扎着生活下去是多么不容易，却是多么值得赞美。我也懂得如何以温存的心，体味生涯中的一花一木所给予我的一喜一悲。

记得逃避山中时，正值隆冬季节，整个山城被封闭在两尺厚的皑皑积雪中，我身处其间，像冻结在水晶球中的玩偶，有一种凝固的安全感，静谧、寂寞而安详。在那一段日子，我终日沉醉在壮美的感受里，我读了些书，也点点滴滴地写了一些追忆旧事的篇章。

胜利后回到杭州，我去萝苑拜会夏老师，我们穿过松林幽径，走向孤山放鹤亭。那时正是骤雨初霁的仲夏傍晚，湖水湖风，凉送襟袖，我们在亭中坐下来，看湖面上亭亭的风荷，跳跃着晶莹的水珠，在心旷神怡中，他看着我请他批改的几篇短文，点点头微笑着，拿出钢笔在封面上题了“留予他年说梦痕”那句话。

卖水红菱的小姑娘来了，我们买了一掬，慢慢儿剥着，在暮霭苍茫中回到萝苑。

湖堤散步的情景，一晃眼已经是十多年前的事了。来台湾时，仓促中不及带出那些未经整理的凌乱稿件。那些事，在我心中也一直是非常凌乱。生活安定下来以后，我才又重新一件件地追忆，重新琐琐碎碎、片片段段地写。写下许多童年的故事，写下我对亲人师友的怀念，也写下我在台湾的生活感想。这些，也许会被认为是个人廉价的感伤，鸡毛蒜皮不值一提的身边琐事，或老生常谈却自以为了不起的人生哲学。对这些批评，我都坦然置之，我是因为心里有一份情绪在激荡，不得不写时才写。每回我写到我的父母家人与师友，我都禁不住热泪盈眶。我忘不了他们对我的关爱，我也珍惜自己对他们的这一份情。像树木花草似的，谁能没有一个根呢？我常常想，我若能忘掉亲人师友、忘掉童年、忘掉故乡，我若能不再哭、不再笑，我宁愿搁下笔，此生永不再写，然而，这怎么可能呢？

人到了中年，应该更坚强，更经受得起了，但我有时却非常脆弱。我会因看见一头负荷过重的老牛，蹒跚地迈过我身边而为它黯然良久。我会呆呆地守着一只为觅食而失群的蚂蚁而代它彷徨焦急。我更会因听到寺庙的木鱼钟磬之声、殡仪馆的哀乐，甚至逢年过节看见热闹的舞龙灯、跑旱船、划龙船而泫然欲泣。面对着姹紫嫣红的春日，或月凉似水的秋夜，我想念的是故乡矮墙外碧绿的稻田与庭院中雅淡的木樨花香。我相信，心灵如此敏感的，该不止我一个人吧！

我是沉醉在个人的哀乐中吗？我是在逃避现实吗？不，不是的。虽然日历纸一天天飞过去不会再回头，但我总得望着前面，前面还有一大段路得走。我总希望以壮健的身心回到故乡，在先人的庐墓边安居下来，享受壮阔的山水田园之美，呼吸芬芳静谧的空气。我要与梦寐中曾几度相见的人们，真正地紧握着手，畅叙别后离情。我渴望着那一天，难道那一天会遥远吗？不会吧。

“留予他年说梦痕，一花一木耐温存。”那微带悲怆的声调不时在我心头萦绕。为了他年的印证，我以这支颓笔，留下了斑斓的梦痕，也付印了这本小书。

书名《烟愁》，这是集中的一篇。我对这两个字有一份偏爱。淡淡的哀愁，像轻烟似的，萦绕着，也散开了。那不象征虚无缥缈，更不象征幻灭，却给我一种踏踏实实的、永恒之美的感受。

读书记趣

读友人寄赠新著，竟曰忘倦。年事日长，愈喜爱朴质无华、表达真性情的文章。他们有的以豪迈挥洒之笔，直抒胸臆；有的诙谐雅谑，于莞尔中道出世态人情。此中乐趣，有如与良朋晤对，一盏清茗，两心相契。辛弃疾说：“我见君来，顿觉吾庐、溪山美哉。”读好书亦复如此。

王鼎钧先生的《开放的人生》，如点滴清泉，凉沁心脾，于长夏中有消暑疗郁之功；亮轩的《石头人语》，使你感觉自己反成了点头的顽石，领悟至多；刘静娟的《心底有根弦》，于清新、优美、流畅、自然、幽默的笔触中，透露出无限温厚的情怀。孩子的天真娇憨、社会人生的百态，被她描摹得如此生动，都源于一个出发点——爱。因此每一篇都怦然拨动你的心弦，铿然有声。

想起先父早年读书，常于终篇后题诗志感。他读的是古人书，作的是金声玉振的律绝或古风。我虽学中国文学，而以限于禀赋，且生性疏懒，年来很少作诗填词。可是这几天忽然发了“诗兴”也不禁“平平仄仄”地做起填字游戏来。对于《开放的人生》，我写了如下的四首绝句，固未足以道出该书的妙境，只当是读后感，并以博鼎钧先生一粲。

一、彩笔缤纷似吐霞，鼎公才思早名家。人间自有长生诀，一粒金丹一盏茶。

二、隽语谐言不我欺，春风翦翦雨丝丝。文章本是千秋业，纸贵洛阳未足奇。

三、论文煮酒欲忘年，一卷人生开放篇。多少玄机凭尔会，人人心底有清泉。

四、明月清风豁达襟，拈花笑语度金针。书生亦有匡时策，来往梯航共此心。

亮轩的《石头人语》，妙语如珠，发人深省，我亦戏题一绝：

谈笑从容发聩聋，石头妙语胜生公。晓清谱出热门曲，多少闲情烟酒中。

亮轩的太太陶晓清是热门歌曲专家。朋友介绍时，只要说是晓清的先生，便无人不知。太太“热门”，夫以妻荣，附志以博一笑。

日前又在报上看到亮轩的散文《话醉》，乘兴再写一首，虽是绝句体裁，却可谓之《醉醉歌》：

读罢亮轩话醉篇，凭窗真欲醉中眠。若能一醉千愁解，抛却南华学醉仙。

诗成后尚未寄发，适亮轩翩然而至。取出玲珑小石一枚，中间细细的一线空心，穿透两端，而石不碎，实是难得。石的半边有浅浅的绿色，他说细孔是小螃蟹寄居之处，浅绿色是海苔痕迹。如此说来，这枚小小石头，可称是“通灵宝石”了。亮轩是在一位朋友刘先生家看到，把玩之下，爱不释手。其实这枚小石，原是画家庄喆从海滩捡来一大把中的一块，画家出去时，带走了最喜欢的，剩下的由刘先生取去，随随便便地堆在一个盘子里，却被亮轩发现了这似平凡而颇具特色的一块，便向朋友要了来，濡笔于石的背面，记其来历，并云：“念天地之过客，终不若此石之长久，愿有缘者俱可得而把玩之。”因而把此石转赠给我们。这一份友谊与雅兴，令人心感，因再赋一绝，以志其事：

通灵何幸遇知音，隐约苔痕剔透心。纵是虚怀宁可转，感君翰墨志前因。

诗云：“我心匪石，不可转也。”顽石当有它顽强的性格，尽管谦冲，岂可随波而转，这也许正是友人赠石之深意吧！

静娟的《心底有根弦》，篇篇都有非常多的可读性，足见出她对周遭事物观察细腻，体会深刻，涉略广泛，以日常琐事人情，发为文章。因她是位年轻的女性作家，故我以一首词，将特别喜爱的篇章，隐括其中，并于句末附记篇名及大意。

临江仙

好雨丝丝凝碧树（《下了一阵雨》，写雨后清新气象，别具境界），离愁别绪频牵（《离愁离絮》写弟弟出外，姊弟惜别依依），娇儿童语似喷泉（《家有童话》写幼儿妙语，令人莞尔）。春晖多温暖（《卸不下的担子》写慈母之爱），心底有鸣弦（《心底有根弦》主题篇，写一位比丘尼风范和对她的怀思，情意真挚感人）。解语八哥归绿野（《公寓里的八哥》写对小动物的爱），灯前文思涓涓。小兄小弟各争先（哥哥要考弟弟，弟弟要做哥哥），公车驰骋里，慧眼看人间（《公车世界》写公车中百态，幽默风趣）。

此词只聊表我对该书的爱好，诚不足以当大雅君子之一粲也。

明月清风豁达襟，拈花笑语度金针。

书生亦有匡时策，来往梯航共此心。

中年读书

最近收到一位好友女儿的信，畅谈她于百忙中挤出时间读书的快乐。她说中年读书，感觉上和少年时代读书完全不同。现在读书不但能深入地欣赏，也懂得以自身生活糅合在一起来体验。读到会心之处，真个是乐以忘忧，好似与作者促膝谈心，握手言欢。她只恨时间太少，不能反复咀嚼。

我觉得像她这样一位有三个孩子又兼一份沉重工作的职业妇女与母亲，能每天读书又深入思考的，实在不多。她不但系统地读中外名著，还浏览国内各种报刊，遇到我们彼此都有兴趣的文章，就在通信或电话中共同讨论，乐也无穷。

她还选修了一年的西洋文选，体会每本名著的特色，对于卡夫卡的《变形记》，认为是想象之极致，也可看出二十世纪许多作品与科幻小说都深受其影响。她问我中国旧文学中富幻想的小说有些什么，我只想到《镜花缘》《西游记》与《聊斋》。我自己比较喜欢《聊斋》，不仅那些人鬼的恋情道尽了人世的苍凉，作者对人情世态讽刺的冷笔尤引人深思。

这位朋友求知欲非常强，永远有“学如不及”的遗憾，套句现代语，真是时时在求“自我突破”，古语就是“苟日新，日日新，又日新”。暑假里，她去学摄影，七星期的课，每周三天，每天三小时，她自嘲为“拼命三郎”，可是发现自己的摄影作品总有一份“朦胧之美”，原来是三年来未验光的近视眼镜度数已不对，近视降低，开始老花远视了。

这就是她中年读书之乐。我真是深为她求知的精神所感动。说来惭愧，她还称我一声“老师”，因为三十多年前，她曾经一度是我的私“塾”学生。一个十五岁的小姑娘，每星期两个晚上，背着沉重的书包，带着两个弟弟，一同到我家来读古文。在我那间透风漏雨的违章建筑里，对着那三张纯真朴实又聪颖的脸，我不知道自己的讲解能对他们有多少启发。但他们对我的信赖和给我的温暖，至今时时在心。也由于他们对读古书的诚恳态度和浓厚兴趣，引发我愿于法院工作之余，再兼一份教职的念头。

时光怎么如此快就飞逝了？他们姐弟三人，自高中而大学而到海外深造而成家立业。如今这个背书包的小女孩，竟也已人到中年，而且还在锲而不舍地读书，在深深体会“中年读书”之乐。

而我呢？年已古稀，应该是第二个读书历程的开始了。可是看看这位年轻的学生，不免为自己的懒散感到惭愧。张心斋说：“中年读书，如庭中望月；老年读书，如台上玩月。”我却不知道能否有这份毅力与智慧，登上高台，一赏澄明清澈的月色，予心灵以忘我的启示呢！

读禅话偶感

星云法师禅话《出去》短文中记黄龙惠南禅师命学僧从左边走过来，学僧正要走时，禅师就斥他“随声逐色”，要他出去。他又命另一学僧从右边走过来，学僧站在原处不动，禅师又斥他不听话，要他出去。

真个是左不是来右不是。所谓的禅，大概就是要你在“无一是处”中去参。参透了就算顿悟，参不透的就一生苦恼，哪来的缘分能见性成佛呢?

像我这样无慧根之辈，这一生就是注定苦恼，悟不了禅理。读这篇短文，所以也只有“感”而无“悟”。

感的是想起幼年之时，每顿吃饭都坐在父亲旁边。父亲身旁坐的是二妈，总在另一边用一双令人不寒而栗的眼睛向我扫来。我不敢看她，只顾低头扒饭。有一次不知怎么竟大胆地伸筷子夹了正前面碗里的一块红烧肉。二妈马上厉声说：“摆在你前面的，就是给你吃的吗？”我气愤地把肉丢在桌面上，最后只好老远地去夹青菜。二妈又大声说：“难道每一样菜你都要吃到吗？”

我陡地放下筷子，抽抽噎噎哭回屋里，却见母亲坐在妆台前抹眼泪。我忽然不哭了，拉着母亲的手说：“二妈总是左不是、右不是。妈妈，我们一同到庵堂做尼姑去吧！”于是母女抱头痛哭。

这段情况，至今已六十多年，却总是刻骨铭心，时时想起。现在想想，我那位二妈，也仿佛是开示我的禅师，她左不是、右不是地打着哑谜，无非要我悟一个道理，那就是“饿”字。可怜我小小年纪，哪里懂得？只气愤地要与母亲一同去出家。难道已体认到尘世凡俗，原是苦海无边吗？

读大学时的夏承焘恩师，有时在课余也讲点禅的故事给我们听。他别号瞿禅，我们在听他讲禅故事时就称他“禅师”。他虽认为禅“不可说、不可说”，仍常常深入浅出地与我们说禅理，要我们在日常生活中去体认，自自然然，不必强求，不必强解。

他看我时常愁苦地紧锁眉头，就作了一首诗赠我：“莫学深颦与浅颦，风光一日一回新。禅机拈出凭君会，未有花时已是春。”好一个“未有花时已是春”，若能悟得此中妙理，便可化烦恼为菩提了。

另一位同学毕业后因婚姻不如意，常回来泪眼滂沱地向瞿禅师倾诉，他就赠她《杨柳枝词》一阕云：“垂垂雨雪一春愁，历历楼台阅劫休。拼向高空舞浓絮，春风哀怨莫回头。”

这也就是“白首忘机”的苏东坡所说的“归去，也无风雨也无晴”的境界吧。

话是这么说，能忘机谈何容易，东坡若真个忘机，就不会有“十年生死两茫茫”的悲叹。对朝云、琴操二人，也不致依依难舍。他只有对美丽的李琪，才是“海棠虽好不题诗”，算是“不着一字，尽得风流”。

“禅”虽是“不立文字，直指人心”，但这颗心必须是多愁善感之心，才能从愁感中去领悟。佛的大慈大悲之心，就是最最善感的灵心，才能以自身之苦，推悯众生之苦，而发下“我不入地狱，谁入地狱”，超度众生的宏愿。

对众生都怀无边情怀，何况对人呢？

我现在写这篇小文时，回想当时战战兢兢坐在父亲身边，二妈一对眼睛盯着我吃饭的情景，心中不再有悲，更不再有恨，而是对逝世多年的二妈的无限怜悯。她一生不曾与人以快乐，她自身又何尝一日有快乐？我与她相处数十年，无论是苦是乐，照佛家说，也总是一段因缘。而无论是缘深缘浅，缘起缘灭，都成过去。真个如僧庐听雨，“悲欢离合总无情，一任阶前点滴到天明”啊！

铁树开花

据说铁树是不开花的。铁树若开了花，花谢时树亦随之枯萎。可是我家的铁树却开了花，而且花谢后，树叶却愈长愈繁茂。

这是千真万确的事实，那株落地门边挺拔的“铁”树，“铁”证如山。他——我不愿用“它”而要用“他”来代表，因为他像是能听、能说话的大孩子，和我息息相关。

话得从头说起。两年前，我在寓所的垃圾箱边，看见一株憔悴萎靡的铁树，歪歪地倒在一旁，盆子已破碎，树根泥土干裂，树顶上垂着两片嫩叶，在傍晚的斜阳中，奄奄一息。这必然是不爱惜生命与物力的美国邻居丢出来的。

我顿时心生怜悯，尤不能见死不救，马上费力地把他捧回屋子，急急去地下室找个空盆子把他的根按在里面，又求外子快去买一包新的营养泥土倾入，把周围压紧，再浇了浓淡合度的营养水，耳听他“吱吱吱”地像婴儿吮奶一般把水吸下去。然后把他摆到靠阳台的落地门边，这儿阳光并不直射，天花板上有一盏灯，晚上灯光正好照在铁树顶上。我低声对他默祝：“你已有个温暖安全的家，希望你在历劫余生后快快活过来。”

第二天一早，就看见那两片幼嫩的叶子已经竖了起来，他真的活过来了。我好高兴，从那以后，总是摸摸泥土干了就浇水，浇到盆底渗出水来就停止。每周加一次营养水给他滋补一下。眼看树干四周高高低低爆长出许多绿芽，顶端的那两片嫩叶更长得如对称的丫角，十分顽皮可爱。那一份欣欣向荣，令人欣慰万分。树，原是多么有情，多么能接受人的关爱啊！

我原本没有照顾花木的“绿手指”，但这株铁树却给了我信心，就兴致勃勃地去花店买来几盆室内盆栽，摆在铁树旁边和他做伴。朋友送我一棵非洲堇，不小心折断一片叶子，我又细心将它培养出另一株来，母子俩年年盛开紫花，竟然一串接一串地四五个月也不凋谢，与高高撑开像一把伞的铁树相映成趣。

有一天，铁树顶上忽然冒出长长一根细枝，枝上结着累累的细白花苞，到晚上就全部开放了，散发出淡淡清香，我真是喜出望外。根本没去想“铁树开花就会枯萎”的这回事。花谢以后，我就把细枝剪去，用湿布擦净每一片叶子，轻声细语地对他说：“你真乖啊！好好地长吧！我把你当孩子般地呵护，我们是心有灵犀一点通的。”

现在，我在书桌边写这篇小文，不时抬头远远地望着他，他似在对我点头微笑。寂静的书室，充满了暖意。

古语说：“十年树木，百年树人。”我想，不论是树或人，不论是十年、百年，只要你付出爱心和关怀，世间的万事万物，总不会使你失望的。

第四章

人生与生命感悟

充实自我，尽量投入对方的兴趣与学问之中，共同享受生活情趣，而且努力予以培养。

永恒的思念

父亲在民国十几年时，曾在浙江任军职，杭州的寓所经常有许多雄赳赳的马弁进进出出。那时哥哥和我都还小，每回一听大门口吆喝“师长回来啦！”就躲在房门角落里，偷看父亲一身威武的军装，踏着高筒靴咔嚓咔嚓地进来，到了大厅里，由一位马弁接过指挥刀和那顶有一撮白缨的军帽，然后坐下，由另一位马弁给他脱下靴子，换上软鞋，脱下军装上衣，披上一件绸长袍，就一声不响地走进书房去了。哥哥总是羡慕地说：“好神气啊，爸爸。我长大了也要当师长。”我却噘着嘴说：“我才不要当师长呢……连话都不跟人家说。”

父亲的马弁，也都一个个好神气。哥哥敢跟他们说话，有时还伸手去摸摸他们腰里挂着的木壳枪。我看了都会发抖。但只有两个人，跟其他的马弁都不一样。他们总是和和气气、恭恭敬敬地跟母亲说话。有时还逗我们玩，给我们糖果吃。所以只有他们两人的名字我记得，一个叫胡云皋，一个叫陈宝泰。

父亲总是连名带姓地喊他们，母亲要我们称胡叔叔、陈叔叔。但顽皮的哥哥却喊他们“芙蓉糕”“登宝塔”。我也跟着喊，边喊边咯咯地笑。因为我是大舌头，喊“登”比喊“陈”容易多了。

他们二人，一武一文，胡云皋是追随父亲去司令部的，照顾的是那匹英俊的白马和雪亮的指挥刀；陈宝泰却是斯斯文文的书生模样，照顾父亲的茶烟点心，每天把水烟筒擦得晶亮，莲子燕窝羹在神仙罐里炖得烂烂的，端进书房，在一旁恭立伺候。

胡云皋很喜欢哥哥，常把他抱到马背上，教他怎样拉住马缰绳，怎样用双腿在马肚子上使力一夹，马就会向前奔跑。乐得哥哥只想快快长大当师长。我呢，只要马一转头来向我看，我就怕得直往后退。胡云皋把我的小拳头拉去放在马嘴里，吓得我尖叫。陈宝泰就会训他，说姑娘家不要学骑马，要读书。因此他就教我认字，讲故事给我听，所以我好喜欢陈宝泰。

母亲很敬重他们，说他们是好兄弟，是秤不离砣。他们高兴起来，在一起喝酒聊天，但不高兴起来，谁看谁都不顺眼。胡云皋笑陈宝泰手无缚鸡之力，不够格在司令部当差，只好在公馆里打杂，他自己是师长出入时不离左右的保镖，多么神气。陈宝泰是一声不响，顶多笑他是个“猛张飞”，是“自称好，烂稻草”。

母亲带我们回到故乡以后，忽然有一个深夜，胡云皋急急忙忙赶到，一句话不说，把我们兄妹用被子一包，一手抱一个。

叫长工提着灯带路，扶母亲跟着他快走，一直走到山背后一个静僻的小尼庵里，请大家不要声张。我们吓得只当是土匪来了，胡云皋告诉母亲，是父亲与孙传芳打仗失利，孙传芳的追兵会到后方来挟持眷属，父亲不放心，特地派他来保护我们到安全地方躲一躲。我当时只觉逃难很好玩，而母亲对他穿越火线冒死来护送我们的勇敢和义气，一生念念不忘。

由于这件事，陈宝泰对胡云皋表示很钦佩，他说：“若是我，就不敢在深更半夜枪林弹雨中，穿越火线。胡云皋的名字，一听起来就是个勇猛的英雄。”胡云皋听得高兴，两个人就挖心挖肝地要好起来，再也不嫌来嫌去了。但只有在下棋的时候，仍旧是争得面红耳赤。一个说落子无悔，一个说要细心考虑。下到后来，胡云皋把棋子一抹说不跟你下了。到了第二天，他们又坐在一起喝酒唱戏了。

父亲因为厌倦军阀内战的自相残杀，当了六年师长就毅然退休了。遣散部属时，胡云皋与陈宝泰坚决要留下伺候父亲。父亲同意了，对他们说：“你们以后不要喊我师长，称老爷就可以了。”陈宝泰记住了，就改口称老爷，但胡云皋总是“师长、师长”地喊，父亲怪他“怎么又忘了，只称老爷呀”。他啪嗒一个敬礼说：“是，师长。但是我喊师长，心里就高兴，仿佛您还在威武地带兵呢。”他那一脸的固执，父亲也拿他没办法。

他们随父亲回到故乡，胡云皋是北方人，因言语不通，时常与长工发生误会而吵架。陈宝泰性情随和，他一口杭州话虽不大好懂，长工们倒喜欢跟他学外路话。有一次大家一同去看庙戏，台上演的是《捉放曹》，乡下难得有京班来的，胡云皋每句道白都听懂了，高兴得直拍掌。长工忽然指着台上说：“那个陈宫是陈宝泰，这个大白脸曹操就是你。”胡云皋气得一下子跳起来，骂长工怎可把他比作奸臣，说陈宝泰也不够资格当陈宫呀。他大声地吼，吓得台上的戏都停下来了。

从那以后，长工们都不敢和胡云皋说话，与陈宝泰就愈加有说有笑了。因此胡云皋有点生陈宝泰的气。父亲把他俩叫到面前说：“你们是我最亲信的弟兄，千万不可因芝麻小事不开心。”胡云皋结结巴巴地说：“报告师长，我不是生陈宝泰的气，是他们把我比作坏人，我不甘心，我最最恨曹操那样的奸臣。”父亲笑道：“好人、坏人全在你自己，别人是跟你说着玩的呀。”陈宝泰原都不作声，这时才开口了：“老哥，你若是坏人，你会有勇气冒生死危险穿过火线，去保护太太与少爷、小姐吗？”胡云皋这才又高兴起来。

我再到杭州念中学时，哥哥早已不幸去世，母亲于伤心之余，只愿留在故乡。父亲比较严肃，我在孤单寂寞中，全靠他们两人对我的爱护与鼓励。我住校后，他们常轮流来看我，买零食给我吃，我心里过意不去，陈宝泰说："你放心，我们的钱木老老，给你吃零嘴足够啦。""木老老"是杭州土话很多的意思，连胡云皋都会说哩。

抗战军兴，父亲预见这不是一场短期的战争，就决心携眷返回故乡。胡云皋义不容辞是一路护送之人。陈宝泰愿守杭州，父亲就不勉强他跟随了。将动身的前几天，父亲徘徊在庭院中、客厅里，用手抚摩着柚木的板壁和柱子，叹息地说："才住三年啊！就要走了，也不知什么时候能回来。"我听得黯然。父亲平生最爱富丽的房屋，好不容易自己精心设计的豪华住宅，只住了短短一段时日，就要离去。对他来说，确实是难以割舍的！我呢？本来就嫌这屋子给我种种的拘束与活动范围的限制，觉得它远不如乡下农村木屋的朴素自在，所以丝毫也没有留恋之意，反觉得父亲实在不必为身外之物耿耿于怀。站在边上的陈宝泰看出父亲的心情，立刻说："老爷，你放心走吧，我就一直不离开这幢房子，好好看管。不让人损坏一扇门窗、一片瓦。"父亲感动地说："时局一乱，你是没法保护它的，还是你自己的安全要紧，不能住的话，偶然来看一下就可以了。"

于是陈宝泰就自愿负起看守房屋的任务来。临别前夕，他买了酒，做了菜，与胡云皋痛饮饯别，请我也在一桌作陪，他举杯一饮而尽，对胡云皋说："老哥，你是出入千军万马的人，有胆量、有勇气，这次护送的重任非得由你承担。我也不是胆小之人，我守着老爷最喜欢的房子，日本鬼子来，我跟他们拼命。不过我们这一分别，不知哪天见面，你到后方以后，总得给我画几个大字来，叫我放心。"说到这里，他的声音都沙哑了。胡云皋说："老弟，你放心，我一送到，马上回来陪你，我们是患难弟兄，分不开的。"

想想在兵荒马乱中，交通已完全紊乱，海上航线封锁。自杭州回故乡，须取道旱路，经过敌人的占领区，昼伏夜行地回故乡。胡云皋要马上回来，谈何容易？又想想，我此次与陈宝泰分别，后会究在何时？在泪水模糊中，我说不出一句话来，只有默祝我们能早日聚首，默祝彼此的平安无事。

回到故乡才一个月，杭州就陷于日寇，两处音信阻绝，父亲忧心如捣，后悔不该让陈宝泰留在杭州。胡云皋因一路辛苦，加上水土不服，传染上疟疾，但他挣扎着要马上回杭州与陈宝泰共患难。这时忽传来杭州房屋被日军焚毁的消息，陈宝泰也生死不明。胡云皋痛哭流涕地说非要立刻动身不可。父亲也因不放心陈宝泰，就同意他扶病上路了。

临行前，父亲再三叮咛他，遇上日寇，不要与他们正面冲突，要机灵地躲过：留得青山在，往后报仇雪恨的日子有的是。

"是，师长。"他敬一个礼，"我一定要保住这条命，才能到杭州与陈宝泰相会。看看房子是不是真被烧掉。师长，您自己要保重，我不能伺候您了。”

他再啪嗒一个敬礼，就提着破箱子转身走了。我紧跟在后面，看他的背已微微有点驼了。病又没好，真担心他路上发烧怎么办，心中不免阵阵酸楚。我们穿过麦田，到了小火轮埠头，坐在亭子里等船时，我摸出母亲交给我的十二个银圆，塞在他棉袄口袋里，告诉他是母亲给他一路买点心吃的。他抹着眼泪对我说：“大小姐，你已经长大成人了，又念了不少书，要懂得怎样照顾父母。在危急时要格外镇定，就像我在边上照顾你们一样。”

我已哽咽得说不出话来，只好点点头。想想自己怎么能在危急中镇定得下来？胡云皋明明走了，怎么能像他在身边照顾我们一样呢？我真想喊：“胡云皋，你别走啊！”可是我又好担心陈宝泰，他究竟怎样了呢？我又怎可不让他走呢？

小火轮来了，胡云皋紧紧捏了我一下手臂，就跨上船去，站在船头向我摆手。在泪眼模糊中，我心头历历浮现的是幼年时，胡云皋与陈宝泰带着哥哥与我玩乐的情景。他俩是看着我们一天天长大的。可是哥哥去世了，如今胡云皋又要在战乱中离我们而去，陈宝泰则是生死不明。真感来日艰难，千言万语，无从说起，只有祝福胡云皋一路平安。

他走后，我们屈指计算日子，一天又一天，一月又一月，竟是音信毫无。烽火连天中，他要捎个信自是非常困难。直到半年后，有人从杭州逃回，带来陈宝泰的信。说房子被日寇占据，改为野战医院，他被赶了出来，无法照顾，感到万分愧疚。日军原是答应他住在里面，为伤兵服务，他宁死不做顺民，只好逃走。还有一封信是给胡云皋的，劝他千万不要冒险回杭州，应该在家乡照顾我们。由此信可知胡云皋并未到达杭州与他会面。房子被焚虽是谣传，但身外之物，何足挂怀，使人忧心如焚的是胡云皋的下落不明。

自从与胡云皋在故乡的小火轮埠头分手，目送他消失在迷茫晨雾中，就再也没有他的音信。以他的恩怨分明性格，想来定已遭日军杀害了。

复员后回到杭州，连陈宝泰也不见踪影，他究竟吉凶如何呢？如果他平安无事，为何不来看我呢？难道他也已遇害了吗？想到他们的不幸，想到战乱中双亲的相继逝世，真个是国仇家恨，令人肝肠寸断。回顾杭州房屋，虽兀立依旧，而沧桑人事，何堪回首？

对有着江湖侠骨而生死不明的胡云皋、陈宝泰二位可敬的老人，我只有心香一脉，翘首云天，以寄我永恒的思念！

对有着江湖侠骨而生死不明的胡云皋、陈宝泰二位可敬的老人，我只有心香一脉，翘首云天，以寄我永恒的思念！

纸的怀念

尽管今天取用各色设计精美、质地厚实的纸张如此方便，我仍旧非常怀念家乡那种素净的土纸。

我要很骄傲地告诉朋友们，我的故乡——浙江永嘉县是以产纸闻名全国的。各大都市如上海、宁波、杭州及至远及山东各地，都纷纷来温州永嘉订购质地细软的纸。最细、最薄的一种，透明得跟蝉翼一般。宁波的特产——祭祖的金银纸（杭州人称为“库儿纸”），就是用这种纸加工，涂上金粉或银粉制成的。

由于我们的纸营销全国，每年出售数量庞大，因此，纸的出产地——我们的小瞿溪乡，都上了中小学地理课本呢。我每回捧出地理书，总要翻到这一页，把老师早已用红朱笔圈了双圈的三个字“瞿溪乡”，看了又看，用手指头摸了又摸，仿佛那三个字都会鼓得高高的，对我微笑呢。

其实，瞿溪乡本地并没真正产纸，方圆十里之内，根本就没有一户造纸人家。所有的纸，都是由附近山乡，刻苦的山地人做的。山乡的做纸人家，范围很广，一直绵延到瑞安、青田的边界山区。我们称之为“纸山”。所有的纸，都由他们一张张做出来，再一担担挑到我们瞿溪乡集中，转给纸行成交以后，纸行再以双把桨的平底船，运到距离三十里水路的城区，装轮船运往各地。

我们称山民为“山头人”，做纸的为“做纸人”。他们双手万能，每张纸都是用手工做出来而不是用机器制造的，所以都说“做纸”而不称“制纸”或“造纸”。做纸过程复杂又辛苦，我们小时候，每用一张纸，都有和吃饭时念着“谁知盘中餐，粒粒皆辛苦”同样的心情，自然都懂得爱惜纸张了。

我自幼生长在瞿溪乡，一年里总有一两次到山里去做客。族中的长辈们，都把我当贵宾款待。做纸的“山头人”，看我这个从乡下去的，就觉得是很新式的人物了。但我们乡下人，看三十里水路之外的“城里人”，又羡慕他们的摩登时髦，有着无限望尘莫及之感。但无论如何，一提到纸，我们就对“城里人”神气起来了。因为纸是山头人做好，由乡下人运到城里的。

在山里做客，最最快乐兴奋的事，就是跟着大人们去看做纸。

纸的作业过程非常长，并不是去一回，一下子就看得完的。在我的记忆中，伯伯叔叔婶婶们全家出动、胼手胝足的辛劳情形，一幕幕都给我留下了深刻印象。

纸的原料是“水竹”，它的质地柔软又富弹性，不像茅竹粗脆易裂。春夏之交，将竹子砍下，修去枝叶，锯成五六尺长的一段段，用铁锤捣裂，在石头砌成的大坑槽里，用蛎灰（牡蛎壳烧成的灰，碱性特重）腌浸达三个月之久，在坑内竹子日渐发酵期间，全山乡酸气四溢，十分难闻，有过敏的，皮肤就会发累累红斑，或眼泪鼻涕直流。我有个婶母就是常过敏的。但她过敏愈是发得凶，愈是高兴。因为知道竹子发酵发得好，纸做出来会漂亮，就不愁卖不出去了。如果天气阴晴不定，蛎灰发酵慢了点，她就会担心地念起来：“什么缘故呢？我的鼻子还没有酸酸的呢？”

浸透发透的碎竹片，已经变得很软很烂了，捞起来捣成细末，放在槽里用水搅拌，均匀得跟糨糊一般，再用一方网状框子，上面铺一块细竹帘，双手捧着，浸入浆中，轻轻在浮面向前一捞，向后一兜，再前后左右一摇晃，平平正正捧起，沥去水，极迅速向预先摆好的木板上一覆，轻轻抓起细竹帘，木板上就是一张方方正正厚薄均匀的纸，就这么周而复始地捞、兜、摇、覆、掀，纸就一层层向上增高，难得的是四面八方都齐齐整整，就跟刀切过一般。这就是做纸人的最高技术、真功夫。他们手势之纯熟、巧妙，铺在细竹帘上纸浆之均匀整齐，真看得人目瞪口呆。这份本领，都要有数十年的经验。经验不足的，捞起的纸张厚薄不匀，就只得列入次一等货色，白白糟蹋了上好竹浆是很可惜的，所以做这项工作的，都是家中年长、富有经验的男人，妇孺之辈是绝不能碰的。

等木板上叠到相当程度的纸，再用一块木板覆盖在上，压去水分，等半干之时，再分成一两寸的小叠，铺在地上晒干。为免被风吹走，上面都要用小石头压住，这项工作就是属于我们小孩子的了。如一看天上乌云密布，倾盆大雨将来临，就得赶紧收纸。那种靠天吃饭的辛劳紧张，和农夫耕田天天抬头看天色一模一样。晒纸都一大早，全家老小一齐出动，免得下午有阵雨，晒一会儿，还得每叠翻个面，晒干后叠成一尺高左右的，放在厨房或廊下，下一步就是妇人家的工作了。她们厨房洗刷、喂猪鸡鸭的工作完毕后，就把一张“牛皮纸”（其实是油纸）铺在膝盖上，把纸放在膝头（也有放在矮凳上的），右手握一枚特制细长上有竹柄的针，在纸的右下角轻轻一挑，一张纸就翘起来，左手撮住纸角向左上方轻轻撕起，撕到只留下一小角就停止，挑完一叠，捧起转过来一抖，那一角未撕的就自然抖开，一挑一抖都要用浮劲，手法之奇妙就跟变魔术一般，这是妇女们的专门技术，也是真功夫，也看得我目瞪口呆。有一位婶婶看我这样渴慕地想学，就拿一小叠次一号的纸让我学着挑，我却挑得纸角粉碎，撕得七零八落。那一叠纸，就只好再浸回木槽重捞了。这项工作称为“分纸”，山头新媳妇进门，做婆婆的考验她是不是能干，“分纸”就是一项重要的考试课程呢。所以我们回到山头做客时，房族的婶婶和姊妹们，都笑我笨手笨脚，不会分纸，一定嫁不到好儿郎，回来告诉母亲，母亲笑眯眯地说：“你放心哪，你日后嫁的儿郎，是教你用纸写字，不是要你分纸赚钱的。”原来开明的母亲，早就打算把我嫁个“读书人”了。

分纸工作，是山头妇女最悠闲快乐的时光，她们三五成群地坐在一起，边挑着纸边哼小调，《十送郎》《十里亭》《四季花开》等，我当时都听得入神。有一次，一位妙龄美貌的姑姑，正轻声唱着：“十送郎，送到码道边，十只航船九只开。双手扶郎上船去，低声问郎几时归。”她那两心相许的少年郎正巧端着一叠纸，放在脚跟前。他们四目相视，脉脉含情的神态，把我这八九岁的傻姑娘又看呆了。可是山乡的婚姻，都凭父母之命、媒妁之言，那位美丽的姑姑，后来嫁的并不是她的心上人，那一段恋情只如彩虹一闪而逝。听说她嫁后受尽严厉婆婆的凌虐。我再见她时，她已是三个孩子的母亲，脸色憔悴，眼神无光。我悄悄地和她说起当年在廊檐下分纸唱小调的事，她茫茫然地望着我说：“有这回事吗？我怎么一点都不记得了呢？”她是真的忘掉了吗？

分纸工作完毕，最后一步又是男人的事，他们把纸一叠叠整理得整整齐齐，叠到半个身子以上高，就用麻绳扎紧，一担担捆好。次日鸡鸣而起，挑到乡下瞿溪的纸行去卖。七十里山坡路，到乡下已是上午八九点钟，其奔波辛劳可以想见。

瞿溪有好多家纸行，各自挂着招牌……也各自请有丰富经验的中间人，代为选择质量，称斤论两、讨价还价。往往为了几枚铜板，争得面红耳赤。当然，乡下人和山头人打交道，吃亏让步的总是山头人。只要能把全家辛苦做出来的产品脱手，换到一两枚白晃晃叮叮当当的银圆，已经是心满意足，哪里还敢多争呢？那些中间人，有一个特别的名称，叫作“牙郎”，不知是否尖牙利齿之意。他忠心耿耿地为纸行老板估价、杀价，对货色百般挑剔，不是嫌纸的成色不好，就是嫌晒得不够干燥。我因为多次在山头亲眼看见过他们做纸的辛苦，现在站在边上，看他们一脸的憨厚无奈，心里真是老大地不忍。可是我是个孩子，又是不中用的女孩子，哪有我插嘴的分儿，如果不是看在我是“潘宅大小姐”的分儿上，早就叫我站得远点了。

货物成交以后，牙郎用土朱笔在一叠叠纸的边上，注明价格、担数，亦凭此计算佣金。每个“牙郎”有他们自己专用的字体，一望而知，不会混错。每担纸是一百刀，每刀一百张，如发现短缺，还要扣钱。有的牙郎竖眉瞪眼，有的却很和气，点数估价也公道。

宽大的纸行，生意就会兴隆。我仍记得的有胡昌记、王泰生二家，他们忠厚传家，后代儿孙都非常昌盛，所谓积善之家，必有余庆！

交易完毕以后，山头人把宝贝的“番钱”（银圆）小心翼翼地收在腰带里，贴肉扎好。然后坐在纸行门槛上，取下扁担头上挂着的饭箩（有如台湾的便当），好好享受一顿丰盛的中饭。所谓丰盛，就是糙米饭加几条小咸鱼，比在家吃的番薯丝拌饭就讲究多了，因为出门做生意辛苦，做妻子的是会给他们把饭盛得满满的。吃饱以后，他们就在瞿溪街上逛逛，悠闲地享受一下乡下风光，摸出一枚银角子，买块香皂给“屋里人”（妻子），花几个铜板，买包松糖给嗷饭卒（小孩子），就算满载而归了。

这时是下午一两点钟，然后还有个最重要的节目，就是“游潘宅大花园”。

我家的老屋建筑，在乡里是最大、最有气派的。父亲大部分时间在杭州，大宅院由母亲掌管的日子，总是把前后门大开，四时八节让许多外乡人来游园、参观。尤其是山头的“卖纸人”一拨拨儿地进来时，母亲特别欢迎，因为母亲也来自“山头”，对他们格外有一分亲切感。我呢？在纸行里看了他们和牙郎交易时，满脸的凄惶，现在走进我家，在大门口就先舀一勺阿荣伯为他们新泡的大茶缸里的茶，咕嘟咕嘟喝下了，就会笑逐颜开起来。我心里也好高兴。他们背着扁担，空饭箩吊在上面荡来荡去。从游廊走到正厅，从正厅走到花园，走进嵌五彩玻璃的四面厅时，手摸着红木镶大理石桌椅，嘴里啧啧连声地惊叹着“得意险啊（真享福啊）”。我也就跟在他们后面得意起来。有一次，他们一不小心，扁担头把五彩玻璃碰碎了，卖纸人好惊慌，母亲闻声而至，连声说“不要紧，好配的”。卖纸人战战兢兢地说：“好不好把碎玻璃带回去给屋里人看看，她没见过呢。”母亲说碎玻璃会割手，叫阿荣伯从厢房里找了块完整全新的，用布仔细包了给他。好几个卖纸人都要了几块不同颜色的，分别带回去。这一段游园小插曲，在我记忆中留下了深刻印象。我感到母亲的宽大、和蔼，以及推己及人、与人同乐的胸怀，在任何一件小事上都可看得出来。从那以后，我对原是冷冷清清的五彩玻璃四面厅，也像格外有好感起来，觉得那是一个接纳宾客的温暖庭院。可后来二妈一度回乡，嫌山头人土里土气，扁担撞来撞去，就把通花厅的边门关闭，不让他们进入最精彩的花厅游览，五彩四面厅与满园花木，也顿时失去神采。母亲那时已退居静室，一心礼佛，卖纸人来时，很想见见大太太也不容易见到了。

现在再说纸行收买好一担担的纸，多则数千担，少亦数百担，还得仔细整理、点数，不足的必须补足，四边要磋磨光滑，重新用薄竹片捆扎，在边上印上红或绿色字号商标与纸的品类（品类多至十几种，我只记得有所谓“头类”“二类”两种，是我们写字常用的）。质地讲究的，还套以竹篓。各种纸分类包扎妥当，运往温州城里的公司行号，交货取款。然后报关装大轮船运往外地。纸行对质量管理很严，信用都很卓著。这也是瞿溪纸业兴盛的原因。

总观整个过程，纸是由山头人的双手一张张做出来的，到装上大轮船运往山东、杭州等地，中间要经过乡下的牙郎、纸行，城里的公司行号，层层转手，辛苦的山头做纸人能得蝇头小利，一家温饱，就非常快乐满足了。

有一点特别值得一提的是，我乡的纸行，向城里接受订货、交货等，都只凭口说，用不着立契约，所有交易都是一言为定，从无失约赖账等事情。他们的中间利润，也不过百分之三四而已。他们都靠勤恳、诚实建立基业的。我前文所提的，以纸行起家的胡昌记、王泰生两家，两位创业的老祖父都已退休享清福，他们的孙女都是我的好朋友，因为我是读书的，她们都时常送我一刀刀的头类、二类好纸，给我习字抄书。尽管是那么好的纸，我写出来的字，老师和母亲都说是“蟹酱字”，没有一个端端正正看得顺眼的。受天分所限，真是辜负了我乡的名产好纸啊。胡昌记的阿公，是我外公的好朋友，外公在我家的日子，他每晚都提着一盏红灯笼，摸到我家来，和外公坐在头边，讲不完“当年初”（从前）的古老事儿，我抱着小猫，趴在柴仓里听故事，总是听不厌。父亲回乡时，也很尊敬胡公公，曾送他一支白玉嘴的旱烟管。父亲问他纸行生意是怎么兴旺起来的，他笑呵呵地说：“没有什么秘诀啊，我只叫儿孙要勤勤恳恳、诚诚实实地做生意，对山头做纸卖纸的，不能欺侮；对城里的公司行号，不能失信用，生意自然会好啦！”

另一家王泰生，他家房子也很大，前门靠近我家后门。王宅有姑、侄两位，都是我童年好友。姑姑嫁到邻家毛宅，毛宅不开纸行，只将毛宅的余屋低价租给宁波人做纸业生意，是为了给外乡人一点便利，不是为赚钱。

毛宅子弟都带点书香气，尤其是毛自诚、毛镇中兄弟，所以渐渐地向外发展。毛镇中娶的就是王宅的那位大姑娘，她有个很雅的芳名叫湘君，小时候和我一同唱“可怜的秋香”，一同玩弹珠、踢毽子，情同姊妹，她嫁的儿郎毛镇中喜欢金石、书法，也会吟诗，他太太娘家有的是好纸，倒让他把一手字练得苍劲有力。他也会刻图章。到台湾后，我们他乡遇故旧，备感亲切。和他闲话家常中，看他一个食指总是不停地在空中画着，问他用什么纸练字，他说：“报纸嘛，哪里还有家乡的头类、二类呀！”他曾用大小不同形状的青田石，刻了陶渊明的《归去来兮辞》全文，每句一枚图章，盖在宣纸上送我，真是最好的纪念品呢！

他生性淡泊，不慕名利，时常一卷在手，或一刀在握，读书刻石自娱。他自讥作的诗不是打油诗而是“熬油诗”。

我们当年童稚情亲，如今都已渐入老境。在台湾时每回见面，都是絮絮叨叨的，有说不完的故乡往日情景，也有说不尽的魂牵梦萦。这种心情，岂不也好像半个多世纪前，外公和胡公公两位老人，坐在头边有讲不完的“当年初”的事儿呢？

他生性淡泊，不慕名利，时常一卷在手，或一刀在握，

读书刻石自娱。

借烟消愁愁更愁
——闲话“戒烟”

由于肺癌统计数字之日益上升，大部分重视自己和别人生命的中老年人，都已逐渐戒绝香烟。反而是青少年，吸烟的更多。美国烟盒上虽印有“吸烟可能致癌”的警语，他们也视若无睹。因为飘飘欲仙是眼前的享乐，致癌而死是不可知之数。听说国内中小学生吸烟的竟然也愈来愈多，真不能不令人深以为忧，而大声疾呼“戒烟”。

因此，在报刊上时常读到有关戒烟的文章。有的语重心长地指出香烟为害之烈，有的轻松地娓娓道一己抽烟、戒烟的有趣经历。有的幽默地视烟为良朋知友，它既曾伴你度过不少寂寞岁月，解除你的烦忧，即使与它告别，也不必视若仇敌。但每篇的宗旨，都在劝谕人们戒烟。

我与外子都曾一度抽烟，幸未成瘾。我家乡话称这种抽烟为抽“爽烟”。“爽”者，轻松愉悦，不受控制，毫无压力之意。那时我们住在办公室大楼底层的一间小宿舍里，因屋子湫隘潮湿，朋友劝我们偶然抽支烟可以祛除湿气。于是我们总在晚饭后，放下碗筷就各人点上一支烟，觉得一天的疲劳，或些许的不愉快，都如轻烟吹散。那一支“爽烟”给予我们的慰藉，无可名状。我们抽烟的牌子步步高升，却总保持“饭后一支烟”的习惯，平时也想不起来要抽烟，更不会在公共场合抽烟，可说是真正的抽烟“隐”君子。因无人知道我们抽烟也。

搬离那间小宿舍以后，“饭后一支烟”也自自然然地被遗忘了。如今烟瘾大的倒是那“而立”之年的儿子，每回看他摸出漂亮的打火机，啪嗒一下，点上一支，昂首吞吐的得意神情，我就忍不住问他：“你不能少抽一支吗？”他漫应道：“我已少抽一支啦，那支少抽的你没有看到呀。”我生气地问：“当着老母，你这样地抽，心里也不觉得过意不去吗？”他才把大半截烟熄灭了，还说：“本来也只能抽三分之一，这样才比较卫生。”我叹口气说：“你丢弃半支烟就是安全了，你吐出来的那半支二手烟，可就孝敬了父母了。”他只是默然。为了劝他少抽烟，往往弄得不欢而散。

他成家以后，媳妇是不抽烟的，我心想妻子的劝说总比长辈的告诫有效。谁知婉顺的媳妇，不但未曾劝阻，反为他购置名牌打火机、艺术化的烟灰缸，摆在他左右手，由他撒开地抽。我每回到他们那儿，看见烟灰缸中的长长烟蒂就生气，她笑嘻嘻地说：“妈妈，劝没用的啦，劝他别抽，反倒两个人都不开心，我们上下班时间不同，他一个人待在家里寂寞时偶然抽一支，工作时他并不抽，比以前已少抽多了啦！”她如此护着他，我也落得眼不见为净。

我把报刊上所有戒烟的文章全剪了寄给他，最别出心裁的是每回都附一包口香糖，告诉他，想抽烟时就嚼口香糖。把三十岁的人，当作三岁的幼儿，老母的用心可谓良苦矣。他打电话来说：“妈妈，口香糖吃了，文章也看了，很好。”我说：“好什么呀？烟开始戒了没有？”他说：“已经更少抽了。嚼口香糖的时候就不抽烟啦！”他真是很“诚实”的。

外子有一位同学，下决心戒烟，买来一种五颜六色的糖，淡淡的香味。听说里根总统最喜欢吃这种糖，故幸运地被起名为“里根糖”。总统先生日理万机，思考国家大事时，口含一粒，想来可能比香烟更有助于他的政治灵感。在电视上，看里根唇红齿白，颊泛桃花，青鬓年少的风度，大概是不抽烟而含糖的功效吧。

我把这种糖告诉媳妇，劝她买来给他吃。她边听边笑说：“妈妈，您就不必操那样多心啦，他打工也好，当‘总统’也好，您不是说各人头顶一片天吗？”我只有哑口无言了。

倒是他们回家里来，儿子不再当着我跷起二郎腿抽烟了。可是吃完饭，就频频催媳妇快快洗完碗，快快回去，想来他“饭后一支烟”的瘾发了，也就不再强留。

在阳台上看他们上车，车门还没打开呢，儿子已经一烟在手了。目送车子远去，心头浮起的一丝怅惘，又岂止是淡淡的“烟愁”而已呢？

提起“烟愁”，我想起幼年时烟瘾比我父亲还大的小叔，他叫我从父亲那儿偷“茄利克”香烟给他，他就表演吞烟和吐烟圈给我看。他吐烟圈真像变戏法一般，一个接一个，小烟圈从大烟圈里穿出去，看得人目瞪口呆，他说吐烟圈只能难得表演一次，太浪费烟了。烟一定要一口全部吞下去，经过五脏六腑，才慢慢儿从鼻孔喷出来。颜色是灰黄的，和青青的烟圈只从嘴里吐出来的不一样。幸得那时乡间地方广宽、空气清新，抽烟的人也少，不觉得什么污染。想想今天在稠密小区中，那一口口从五脏六腑吐出来的带灰黄色的“二手烟”，你再吸进去，就算没得肺癌，也够腻味的了。梁实秋先生在《二手烟》一文中说：“你吞云尽可由你，你吐雾连累人，却使不得。”可是瘾君子于吞吐之际，何曾想到别人？莫说不相干的别人，做丈夫的连妻子都顾不得呢。一位好友的妹妹，一生不抽烟，却得肺癌而死，原因就是被丈夫熏了一生。可见“二手烟”比“一手烟”更凶。

《联副》上刊出很多“香烟警语”，例如：“吸一手烟是病从口入，吐二手烟是祸从口出”“生命掌握在你的两指之间”“生活在烟雾中，玩命在悬崖上”都颇为精彩，当可收醍醐灌顶之功。我真恨不得再为添上四句，乃是当年那位抽烟的小叔自嘲的一首诗：“尝尽辛酸白尽头，吞云吐雾此生休。轻烟一命随风去，待见阎王细说愁。”他笑对我说：“这叫作绝句，绝句者，绝命之句也。”在那时他就预知烟之为害，是可以送命的。因为他已不只抽香烟，而又染上了大烟，他一生好像有受不尽的委屈、吐不尽的牢骚。只为叔祖母子女太多，将他送给别人当义子。义父管教严厉，义母慈爱而早丧，义父再娶后又生了一子，他愈感被冷落，终日在外游荡，却最喜欢我，讲典故给我听，念诗词给我听。在父亲书橱中随手抽出书来看，便过目不忘，父亲爱他聪明有才气，劝他用功上进，他就是不听。像是吊儿郎当地游戏人间。最记得他新婚时刚进洞房，就问新娘有没有带香烟，新娘含泪低头不语，他就从窗子里爬出去整夜不归，哭得新娘眼睛肿如葡萄。他后来还得意地念首“诗”给我听：“无烟无酒一新娘，未语何因泪满裳。此夕月圆君记取，也应地久与天长。”我问他：“这也是‘绝句’啰！”他笑笑说：“这不算‘绝句’，因为是讨香烟的，香烟者，继承香火也，所以不是‘绝句’。”他就是这般地玩世不恭。后来生了个儿子，他常常让儿子骑在肩头，背着到处闲荡，把儿子左耳上拴命的金圈圈都拿去买大烟抽了，却抱着儿子边哭边笑地说："儿子呀，你可别学你爸爸这样没出息，给你妈争口气吧。"听得我都掉下泪来。

他就是因为童年时未能享受充分父母之爱，心理不正常，成了今日所谓的问题少年。但他心里明明很悔恨，我父亲去世时，他跪倒灵前，泪如雨下，马上作了一首挽联："涕泪负恩多，忆十年诲谕谆谆，总为当时爱弟切。人天悲路渺，对四壁图书浩浩，方知今日哭兄迟。"情辞之真切悲痛，我至今默念，犹不禁泫然欲泣。

记得母亲那时常常捂着胃说"心气痛"，小叔就递支烟给她说："大嫂，抽几口烟就会好，这不是心气痛，是消化不好。"母亲就不声不响接过去眯着眼抽起来，居然不像我学吐烟圈时，抽了就呛。我奇怪地问："妈妈，你会抽烟的呀？"她似笑非笑地说："你爸爸以前也给我抽几口的，他说心气痛抽了会好。我坐在他边上，闻那种雪茄烟的味道才香呢！"说着说着，她忽然把烟使劲在灶头一按，说："不抽了，烟熏得我眼泪都要流出来了。"小叔悄声对我说："你妈妈的眼泪，哪里是香烟熏出来的呢？"我当时还真懵懵然呢。

他对我讲李清照的"薄雾浓云愁永昼"那句词说："这固然指的是屋外的阴沉天色，屋里的缭绕炉烟，却愁得她比黄花都瘦了。李清照若生在今天，一定也会抽上香烟的。"我说："那是借烟消愁愁更愁啊！”

这都是陈年的事了，写着写着，就不由得一幕幕情景都浮上心头。

说起李清照的这阕词，其实，谁都偶有“薄雾浓云愁永昼”的时候。香烟是能解愁，还是更添愁，是很难说的。依我过去抽“爽烟”的经验，倒是在心情十分愉快时，才会想起烟来。记得在上海念大学时，与一位最知己同学，总在每回考试完毕后，轻松地买一包烟、一瓶葡萄酒，在宿舍斗室中浅斟高谈。我抽烟，她吸我的二手烟，我当时连抱歉的观念都没有，只觉得一吐一吸，彼此“息息相关”地快慰。烟抽了两三根，剩下的就丢在抽屉里发霉了，也从没想到以烟解愁过。在台湾住湫隘宿舍那段时日，前文已说过，那是神仙般的“饭后一支烟”。既无瘾，也不必戒。来美后有一次与好友又宁说起在大学时与同学喝酒抽烟谈心的往事，细心又风趣的她，每次在我们相约见面时，都不忘带一瓶淡淡的白葡萄酒、一包温和的香烟。在她的圣约翰大学校区咖啡室里，或纽约一处气氛静谧的餐厅里，我们边饮边谈边抽烟。烟抽不了几根，倒是每次都把一瓶葡萄酒喝光，浅醉微醺中，觉指间一缕青烟，益增清趣无限！

写至此，倒是像在劝人抽烟了。其实我的意思是，烟既不能解愁，就千万不要在愁时抽，抽“闷烟”与喝“闷酒”一样，有伤身体。更何况忧能伤人，其危害恐不亚于香烟呢。

想起宋儒的养生之道是“常快乐便是功夫”。有一个病人请教阳明先生“格病功夫如何着手”，他的回答就是这句话。喝闷酒、抽闷烟是一种病，上了瘾更是病。何不先把心情调整得快乐一点？在“烟”逢知己的情况下偶然抽一两支“爽烟”，也不致构成给对方吸二手烟的伤害。爽烟随时随手可以丢开，既不致有戒烟之苦，也不会感到“借烟消愁愁更愁”了。

但愿虔修来世闲

中秋节前两日，与几位好友驱车往纽约近郊的庄严寺膜拜，听沈家桢博士讲佛法。一路上秋阳温煦，红叶满山，好风光令人心神愉悦。车子渐入深山后，竟见耀眼雪光，扑面而来。山头、树梢与新辟的道路，都是一片白皑皑，才想起电台曾报告头一天此处正下过一场六寸厚的大雪。

遥想宝岛台湾，此时正是一年好景的小阳春季节，而在美国东部，我们却在红如二月花的霜叶上，捕捉到了冬天的第一朵雪花，如不是寻幽觅胜，深山礼佛，焉得有此奇缘？

庄严寺是沈家桢博士独资购买的一大片土地，由虔诚的佛教信徒捐献，协力建造的寺院。现在已完成的是观音殿和斋堂，正殿尚在筹建中。

我们于顶礼膜拜后，踏雪参观全景。最引我注目的是右边那一排三层楼的小小“公寓”。那不是生者的公寓，而是安置骨灰的人生最后安息之处。每一格前面的青石碑上，都刻有一朵莲花。莲花上首，有的已镌有逝者的生卒年份，有的只有生年，这是生者的未雨绸缪。有的则尚是空白，乃是吉屋待售，可以及早订座。在喧嚣的都市之外，能于如此静谧之处，获得永久的憩息，实在是无上福分，埋骨又何必定是桑梓地呢？但我对于公寓最后一瞥中，心中默默低吟：“青山本是伤心地，白骨曾为上冢人。”又不免人生奄忽之感。死生契阔，究难勘破。爱憎贪痴，谁能看得云淡风轻呢？想来只有卧进这座小小公寓，听风听雨，赏雪赏花，才是真正超越于尘寰之外吧！

十二时半于斋堂共进素餐。一位朋友在接过两片香喷喷的面筋时，戏言“很像鲍鱼啊”。招待的女士笑道：“千万不要想到荤腥，我们要口净心也净。”她说得很对。一般人没有素食的习惯。吃素菜时满心想的是鸡鸭鱼肉，有心人乃不得不做出素鸡素鸭素蹄髈以满足他们吃荤腥的欲望，实在是很大的讽刺。孔子责备“始作俑者，其无后乎”，就因为他的“象人而用之”，仍未免于残杀之心。但我们退一步想，佛家慈悲之义，是圆通广大的。劝世人惜生戒杀，无妨逐步地来，先以豆腐类象形地替代鸡鸭，以菠菜替代“红嘴绿鹦哥”，也未始不是一份慈悲之念。正如作俑者也是为了免于人与马被活埋的悲惨。古人有诗云：“自制藕丝衫子薄，为怜辛苦赦春蚕。”设想以藕丝代替蚕丝，岂非一片戒杀苦心呢？

这一天是庄严寺特别安排邀请华美协进社全体妇女俱乐部会员参观，所以午餐后请沈博士以英文演讲佛法半小时。

他讲的主题是一个“身”字。他说佛法的“开示”是形而上的哲理，非短短数十分钟所能讲解，故只能解释形而下的“身体”。人的身体、四肢、五官、内脏统统都只是工具。主宰这些工具的是意识与灵性。工具是会毁坏的、变化的、消灭的。而觉知性、灵性不灭。他以水为喻，水可以成霜、雪、冰、雾，但水永远是二氢与一氧的组合。人因身体对外物如色、声、香、味、触的蕴而生“攀缘心”，乃执着于爱、憎、贪、痴之念。如能摆脱“我见”，就是修行之始了。

佛教哲学无边界，是哲学的，也是文学的。要体会其中妙理，如人饮水，冷暖自知。真是“不可说、不可说”。讲到所谓“因果关系”，他说只要注意因，而少注意果，因为种下任何的因，必得任何的果，果是无可避免的，这是常理。

我觉得他这样浅易的讲解并不难懂，但真要把这个“身”视为工具，置之度外，那就得修行了。佛陀的僧徒们由“身是菩提树，心如明镜台”，再深一层悟到“菩提本无树，明镜亦非台”，岂是一般学僧所能？佛陀之特别赞赏六祖慧能，也许就因他能进一步勘破吧！孔子晓谕世人“毋意、毋必、毋固、毋我”，也深知“我见”之不易破除。老子说：“吾有大患，及吾有身。”也感慨于“身”是“道”的障碍。古往今来多少豪杰志士之杀身成仁，实在都已是得道者了。我这些粗浅的想法，因时间有限，都无法向沈先生请教。

动身离去时，雪已融化，照眼秋光，分外清澈。我再向佛前膜拜时，心头不禁兴起一丝感慨：我们这一群人，好不容易聚在一起，来到这一片清静地，只数小时又得匆匆回去，再投入忙忙碌碌、纷纷扰扰的十丈软红中，谁能把“身”与“觉知性”分开？谁又能免于心为形役呢？想起与佛最有缘的东坡，尽管说“长恨此身非我有”，却仍叹“何时忘却营营”！可见“忘我”是谈何容易。

我注视着殿前一座大香炉上刻的“庄严寺”三个大字。佛家语“庄严”是一种洁净的美，无论是内心的美、外相的美，都可称为“庄严”。我想“庄严”也是世间一切美好事物之呈现。如我们能来庄严寺听佛理、吃素斋，观赏红叶上的雪花，也未尝不是一份庄严的美呢！

但是，人世是忙碌的，生活是平凡的，我们充分享受着物质生活的便利，却缺乏从容不迫的沉思默想。更无论对天地万物存一份感谢心了。不说别的，就说这次不用自己奔波赶来，舒舒服服地坐着朋友开的暖气车，来领略如此的良辰美景，岂非好友的周全安排呢？如能每事常怀感谢心，也就感到幸福而知道惜福了。

思至此，又记起先师的两句词来：“不愁尽折平生福，但愿虔修来世闲。”平生之福，岂可享尽？若真有来生的话，但愿修到来生能有一颗玲珑的心，悟得怎样才是真正的“闲”，因而从容不迫地领受世间一切庄严的美。

不愁尽折平生福，

但愿虔修来世闲。

生与死

有时清晨在附近静静的人行道上散步，总看见街角站着一位老先生或老太太，穿着橘红色鲜明显眼的短背心，精神抖擞地在指挥十字路口的车辆，照顾过街的学童。他们是自愿为小区服务的高龄义警。每回见到他们，我内心就肃然起敬，走向前去向他们点头问好。

这一天我散步时间较晚，上班上学的交通忙碌时刻已过。一位童颜鹤发的老先生，脱下红背心，正在慢慢地走回家去。他向我点头笑笑说："阳光真好，不出来散散步，享受一下，太可惜了。"

“您就住在附近吗？”我问他。

“就住在这幢舒服的公寓里。”他指着高耸的老人公寓，“受别人照顾这么多，不回报一下，怎么过得去？”听了好令人感动。

“您的儿孙常来探望您吗？”遇到老人，我总不免要问这句话。

“常来呀，不来也不要紧，我过得快乐又健康，他们都忙，我自己不也是这般忙过来的吗？”

和煦的春阳照耀着他丝丝银发，我真要从心底敬爱地喊他一声“阳光老人”。

又有一次，我在超级市场买蔬菜，看见一位微显伛偻的老妇，用微微颤抖的手，拣着四季豆，我对豆子看了一眼，自言自语地说：“这样拣太费时间了，我还是去买现成包好的。”

“你先去买别的东西吧，你要买多少，我来帮你拣。”老太太热心地说。

“那怎么过意得去呢？浪费您的时间呀。”

“我的时间有的是，不像你们年轻人拼命地赶。”她把我看成年轻人，我心里也很得意。我告诉她只要一磅。等买好别的东西回来时，她已为我拣好整整齐齐的一袋，因为确实是赶时间，就不能和她多说话，只谢了她就匆匆走了。只觉得她一对空茫茫的眼神，一直在望着每一个人。她大概又在找一个可以帮忙的对象，为他们效劳，给自己杀时间吧。

老人、老人，就有这么多神情不同的老人。我不由得想起四月里报纸上登的一段令人不忍卒读的新闻：一位七十二岁的老人，因多病不愿拖累儿孙，乃自筑坟墓，开瓦斯自尽，如此的死亡，算是“寿终正寝”吗？算是善终吗？俗语说“好死不如赖活”，这位老人，宁愿选择好死，而不愿赖活，难道真有非死不可的苦衷吗？想想为人子女者，面对父亲采取如此方式的死亡，将何以堪此呢？若是一位心胸豁达的老人，一位仁慈的父亲，怎忍心以悲惨的自杀，陷子孙于不孝呢？

新闻上描述他雇工人筑墓，自购瓦斯，自闭墓门，一切考虑都非常周详，想见他头脑清醒，行动并不蹒跚。有如此精密的思考力，尚未十分衰退的体力，却一意想办法使自己如何死，而不想办法使自己如何生，看来这位老人的性格，一定是非常倔强与孤独的，才有不愿俯仰由人的念头，来一个万事不求人的自我了断。

其实到晚年受儿孙侍奉、亲友照顾，原是中国宗法社会的传统美德。工业化的今日，虽然人人都忙碌，但侍奉长辈、养生送死的反哺之心，还是非常被重视的。除非是大逆不道之辈，是没有弃慈亲于不顾的，老人又何必如此自绝于儿孙呢？何况福利事业日渐在开展，对老人的照顾将日趋完善。他如住进老人院，也可以广交同年龄“老友”，或外出做点轻便工作，尽一份对社会还报之心，也不致有“不能工作而心烦”的慨叹了。

人的一生，谁不曾艰难困苦地奋斗过？独立自强地挣扎过？这是一段值得骄傲的人生历程。到晚年回顾，感到的似乎应该是满足，是感谢，而不是愤愤不平，更不是无奈，心情也应由激荡而趋于平静了。若能服老的话，应当可以快快乐乐地活。以今日医学之发达，这位七十多岁的老人，少说也可再活十年。十年中，并不一定要依赖儿孙，也不必企望儿孙。他可把爱施诸社会大众，难道就没有一条路比开瓦斯自杀好吗？

死生亦大矣，自杀原是一件悲惨的事，我何忍也不应该对一位自杀的老人有丝毫责怪之意，尤不当以旁观者的心情来说风凉话。但我总不能认为这位老人“从容就义”的行为是一桩“壮举”。

基督教认为只有上帝才有赋予人生命与召唤人回去的权力，所以宣布自杀是犯罪行为。佛家勘破生死，但也惜生而不劝死，晓谕世人，要乐生而不贪生，顺死而不求死。这也正是庄子“载我以形，劳我以生，佚我以老，息我以死”，安时处顺的意义。

何况一个人的一生，无论如何艰苦，无论如何感到不公平，而受之于社会国家者实多。若能以满怀感谢之心，化怨恨为关爱，化痛苦为菩提，天地原是非常广阔的，世间原是充满温情的。子孙即使不孝，还有社会大众的关怀，报上不是常有对病患者纷纷伸出援手的好人好事报道吗？

我絮絮叨叨地写下这些，只是因为那位亮丽阳光下闪烁的快乐老人，给我深深的启示，但愿以此冲淡我对那位自杀老人的凄悲印象。更愿老人福利事业日趋完善，使老人们都能沐浴于温煦阳光中，每一位都能成为快乐的“阳光老人”。

恩与爱

今年[1]五月间，我写了一篇《愿天下眷属都是有情人》，发表于台湾的《中华日报》副刊，由此间《世界日报》家园版转载，引起相当多的回响。那时正接近情人节。有一个商店的老板夫妻吵架，丈夫就在情人节那天登一个启事，向妻子道歉，恳求她能和他永久维持有情人的心情。记者还特地去访问了他们，说“有情人成眷属不难，成眷属后要永做有情人才难”正印证了我那篇小文的意思。

全美妇女联谊会副主席打电话来，约我参加一个情人节的座

[1] 此篇发表于一九八六年，文中亦指此时间

谈，题目就是“愿天下眷属永是有情人”，她另外请了北美协调会吴主任的太太、圣约翰大学张龙延教授、哥大熊玠教授，还有刘墉、丁强两位先生，一共六个人谈这个主题。大家说的意思，归纳起来约有下列几点：

一、婚前是爱情，婚后是恩情，爱情是炙热的、动荡的，恩情是温柔的、稳定的，双方由于情深似海而结合，成了夫妻以后，尤当义重如山，才能永久。

二、尊重对方，就不会时常吵架，举案齐眉的时代已成过去，但能相敬如宾而不致如“兵”，却是要彼此尊重。尊重更包含了宽厚、谅解、忍耐，连对方的缺点都能欣赏，自然就不会觉得不舒服了。一般所谓的“因不了解而结合，因了解而分手”，就是因为不能容忍，不能尊重对方所致。

刘墉讲了一个笑话说，一对夫妻吵架，太太摔东西，把先生一个心爱的瓷缸打破了，先生一言不发地用胶水与油漆补缸，补好了第二次又被摔破，先生耐心地再补。朋友们问他怎会有如此耐心，他笑笑说：“这个缸本来不值几文钱，被太太砸碎几次，我修补几次，就成了百裂花纹的古董，才真是无价之宝呢。”太太听了内心十分感动，从此不再吵架了。这个故事非常美。

三、充实自我，尽量投入对方的兴趣与学问之中，共同享受生活情趣，而且努力予以培养。

这一点在今日有知识妇女说来，似不成问题，其实也时常被

尊重对方,就不会时常吵架,举案齐眉的时代已成过去,

但能相敬如宾而不致如"兵",却是要彼此尊重。

若能以满怀感谢之心，化怨恨为关爱，化痛苦为菩提，

天地原是非常广阔的，世间原是充满温情的。

忽视。因为夫妇各有各的工作岗位，常常会各忙各的，忙得连见面谈话时间都很少。以前，我有位朋友对我说：“我们夫妇日日碰头，长远不见。”意思是说彼此的疏离不关切。所以无论如何为事业忙碌，必须要抽出时间一同旅游、休息一下疲惫的身心。旧日惺惺相惜的情愫将会再生。

现在家庭计算机如此发达，先生有兴趣玩计算机，太太也应该尽量参与学习，可以增加情趣，否则先生一头栽进计算机，太太就会有被冷落疏离之感。有一位太太风趣地说丈夫退休后有了新欢，她不愿退让贤路，就是指的计算机。

四、培养幽默的情趣。俗语说舌头与牙齿最亲，而牙齿常常把舌头咬出血来，过一下子就好了。所以夫妇之亲，没有不吵架的。正所谓不是冤家不碰头。如“宾”如“兵”，都无妨，只要不至如“冰”就好了。若到了彼此冷若冰霜、漠不相关的地步，那就是悲剧的前奏了。

熊玠教授说了男人的“三从四得”，提供大家参考：“三从”是太太外出要跟从，太太吩咐要服从，太太命令要盲从。“四得”是太太生日要记得，太太发火要忍得，太太花钱要舍得，太太出门化妆要等得。这“三从四得”，大家也许都耳熟能详。其实岂止是做先生的要如此，做太太不也一样吗？

记得从前萨孟武教授说过维持婚姻的原则是 ABCDE，即 Appreciation,Belief,Cooperation,Dependence,Endurance。

就是相互能欣赏、互信、互赖、相互合作与忍耐，可为婚姻带来永久幸福，无论中外都是一样。

其实，自然之道，总是刚柔并济。男刚女柔，容忍的大都是女方。再能干的女强人，如果在家也是颐指气使、唯我独尊，家庭生活一定不会美满。因为在家中，她扮演的是妻子与母亲的角色。英国女王下朝回来，敲房门时自称女王，公爵就不开门。她改口柔声说：“是你妻子呀！”门就开了。男人就是得还他那一点尊严，做妻子的又何必吝啬那一句柔情的话呢！

我也补充了一个小故事，有一次在一个全是女性的聚会上，谈着谈着，不免谈一点家庭与职业兼顾的苦经，也不免埋怨几句“大男人主义”的丈夫不够体谅。有一位朋友问，如果下一辈子重做女儿身，愿不愿意仍嫁回原来的丈夫。大家都还愣愣也没作声，一位数落丈夫最最咬牙切齿的太太大声地说：“我愿意！”大家颇为吃惊她的勇气，她又咬牙切齿地补充说，“我已经适应了一生，何必再费心思去找寻别的男人？何况天下男人的那种脾气，还不都一样？”

听得大家都笑了。

总之一句话，夫妇之道，情必须包括恩与爱。有恩无爱不会快乐，有爱无恩不会永久，此所谓“恩爱夫妻万事谐”也。

遥远的祝福

今年[1]二月十五日午夜，祝融肆虐，把高梓老教授板桥的住宅，摧毁无遗。远在海外的我，迟至二月底才由台北友人函告，高教授和她妹妹高梭教授，仅穿一身睡衣逃出火窟，财物尽付一炬。幸二位身体安全，未受一点伤害。我急忙写信请友人转给高大姊，致十二万分挂念之意。回信未到前，即拜读到自台北寄来《中央日报》副刊，三月二十三日高大姊写的文章：《坚定、乐观、抗横逆》。距火灾仅短短一个月，她就提笔为文了。她真正能以坚定乐观的信心，冷静地追忆三次惨重的劫难。

[1] 此篇发表于一九八六年，文中亦指此时间

我一字一句地读下去，对这位百折不挠的老斗士，愈益崇敬钦仰。在最后一段中，她说："回忆五十余年来，内忧外患，战祸连年，饱尝颠沛流离之苦，毁过十九次的家……没想到退休十八载，以八六之年，竟遭午夜惊魂，财物尽毁，而亲友故旧的关怀援助，给予我姊妹以强有力的鼓舞与激励。"读至此，真使我感动万万分。

高教授没有流一滴泪，她是位身经百战的勇者，几十年来，抗拒了所有的横逆，这次的大火，烧去她全部身外之物，却锻炼出她更坚强的意志。也因此次的灾难，她有了更深一层的领悟，走上人生更高一层的境界。

在盼待中，我终于收到她的信。她第一句就是叫我放心，她们一切都好。她没有冒险抢救财物，所以没有引起被烟呛的气管炎。在火焰冲天中，她们兀然把握住最宝贵的生命。她说这场噩梦，使她更体会到人情的温暖、友谊的可贵、健康的重要。

最感人的是她告诉我，东海大学行政检讨第五次结束会议，她必须出席讲评。当时她衣履不周，但想到如果她要以后的生活过得有意义，就不可沮丧悲观。唯一的途径，就是坚定奋发以赴。因此她穿着朋友所赠的棉袄长裤，昂然出席，代表董事会讲评。她说："这一决定，表示了我的精神与心态。其实，我是没有选择的，这是要好好活下去唯一的应走之路。"她钢铁般的意志，怎不令人钦佩！

在信末，她写道："琦君妹，在患难的过程中，不知多少次想到你。但因通信簿焚毁，所以急急为文，在报端发表，借此向朋友们报道平安，以免挂念。"

我感动得热泪盈眶，想到一位高龄老友，在危厄中，顾念的不是自身精神的打击、财物的重大损失，而是挂心朋友们为她担忧，她心情之温厚，胸怀之豁达，于此可见。

不久前，又收到她第二封信，她追忆地说："在遭遇横逆挫折，力自振作奋发的过程中，情绪也时有起伏。我比喻自己像在万顷波涛汹涌澎湃中，游水挣扎，我必须每分每秒将头和嘴露出水面，全力以赴，心中只有一个意念，就是撑下去，游登彼岸。若稍一慌乱或沮丧，必将惨遭没顶。"这一段话，给了我很大的启示。

她附来一位记者对她的访问，她轻松地说："看我笑容满面，你就可以放心了。我很健康，早已工作如常了。"

回想在台北时，因大家都忙，我和高大姊见面机会并不多。但每次见到她，她那一头整齐闪光的银发，高雅从容的风度，洪亮又低沉的声音，都会给我一份稳定感。而她对我款切的关怀，尤使我有着无比的温暖。

去冬回台，因时间短促，我们匆匆两次会晤，谈的都是别后情况，和她唱平剧学画的情趣。我望着她慈爱和蔼的神情，不由得想起我们初次认识时的情景。

那时我们同在实践家专执教。有一天搭校车时，高大姊正坐在我前排。因她年长，深恐她有点严肃，未敢与她交谈。车至市区，所有老师都下去了，只有她和我还在车上，我就上前向她通姓名致候。她立刻亲切地拉着我的手，一同下车。也许因彼此谈得高兴，略不注意，她一脚从车门踏板上滑了下去。幸得我们的手仍紧紧握着，她在前面一下子就站稳了。但一只皮鞋的后跟却被刮脱落了。她妹妹正在附近餐室等她，我就牵着她，踩着一高一低的鞋子，走到餐厅门口，才和她分手。

这一滑跤，我们二人的手，就好像紧紧握在一起了。往后，我们曾几次相约见面倾谈。她来接我去东门银翼餐厅吃饭，她最喜欢那儿的素包子。饭后，总常买一盒包子，要我带回给家人。她的热情，是由不得人拒绝的。

有一次，崇她社开交谊会，她约我做她的客人。在余兴节目中抽奖，她抽到一把蓝色的绸伞，看我没抽到什么，她一定要把伞送我。这把伞坚实耐用，我已随身带来，在异国的风雨中，撑开伞来，就感到大姊的关爱，一直在庇护着我。也恍如我们手携手，在雨中散步谈心。

回想我们每次见面，总嫌时间苦短，关于她自己的经历，很少谈及。此次拜读她这篇文章，才更了解她一生奋斗的历程，对她愈益敬仰了。

我们虽远隔重洋，仍不断地通着信。在信中，欣慰地知道她心情已日趋平静，且早已开始唱平剧、习国画了。

她早就答应要送我一张自认为满意的画。相信她今后以一手百炼钢的苍劲之笔，一定会画出更多幅得意之作。无论是山水或她最爱的荷花，都会灌注她意气风发、老当益壮的精神。

我在耐心地等待她的画，也默默遥祝她：

松柏之姿，经霜愈茂！

有甚闲愁可皱眉

“有甚闲愁可皱眉？老怀无绪自伤悲。”这是前人自欺老大的词句。明知没有什么可愁的，但由于年事日长，乃不免兴人生朝露之叹。所以下两句说：“百年旋逐花阴转，万事长看鬓发知。”

既然是鬓发已稀，人生的旅程已只剩下一小段，何不让有限岁月，在心旷神怡、无忧无虑中度过呢？

说来容易，而老之将至的心理恐惧，仍旧是难以避免的。拿我自己来说吧，十年前，偶有小病小痛，都可以不服药硬挺过去。如今呢，每一感到头昏或四肢无力，老的威胁立刻袭上心头，想学辛弃疾扶着楼梯吟“不知筋力衰多少，但觉新来懒上楼”都不容易呢。

有一回与一个年轻朋友在电话中谈起自己左脚有点酸软，他立刻说：“你小心哟，人的老化是从腿部开始的。你不是看到，老年人要扶杖而行吗？”听他这一说，我愈加举步维艰了。外子下班回来，我将此话告诉他。他云淡风轻地笑笑说：“这是他年轻人吓唬你的呀！老哪里是从腿老起？老是从头上先老起的。你不听大家都喊老年人老头儿、老头儿吗？有哪个喊老腿儿、老腿儿的？”他明明是强词夺理，却听得我哈哈大笑。腿也似乎不酸软了，可见心理健康，可以转变心理状态。

但听他“从头上老起”的“老头儿”之说，我忽然觉得自己的脑子又不对劲儿了。做事丢三落四，查英文字典边查边忘。打开冰箱好半天却不知要拿什么，跑到地下室团团转一阵，上来后才想起急急下去是为的什么。有时一个极熟悉的人站在面前，交谈好几句了，偏偏记不起他（她）的大名。我沮丧地对老伴儿说：“完了，我大概会得那种叫作‘阿尔茨海默’的病，亲人与朋友都认不清，脑子里时而一片空白，时而过去现在未来混成一团，真要到那地步，怎么办呢？”

他说：“真要到那地步，愁也没用。何不趁现在脑子尚清醒、四肢还灵活之时，多享受读书、写作、交友、旅游之乐？心宽体胖，活得健康而快乐。”

其实，他是“夫子善为人谋”，轮到他自己，一点轻微的感冒，就如同病入膏肓，那副严重的情态，不但他自己的病情会加重三分，也构成我心理上莫大威胁。那时，就得我来开导他了："心理健康最重要。人，绝不是这么脆弱的动物，你必须要有自信心。少吃特效药（他一感冒，必定中西药并进），少躺，多运动，包你好得快。"他生气地说："病在我身上，你怎么知道严重的程度？我一点力气都没有，只能躺着休息，你不要啰唆了。"

他服那种治感冒的特效药，当然得昏昏沉沉睡上几天。若问我"有甚闲愁可皱眉"，他的弱不禁风，不但使我愁，使我皱眉，简直使我生气。

于是他又劝我别生气，并借了同事从台湾带来的一块铜牌给我看，上面刻有四句格言："别人气你你不气，你若气了中他计。不气不气不要气，气坏身体没人替。"倒是非常有意思。其实夫妻吵架，气的就是对方，何来"别人"？与朋友相交，只有快乐，不会生气。我倒认为其中第二句"你若气了中他计"，当改为"你也别惹人生气"，因为夫妻之间，一言不合，争吵起来，哪个也没存心使对方生气。若能忍让一下，反省一下，少说一句，气不就平了吗？

一位朋友的母亲，八十七高龄的老太太，她慈爱、乐观、好客。难得的是耳聪目明，体气强健。一生有虔诚坚定的宗教信仰，对人对事，心平气和。她对女儿说："人的心、肝、脾、肺、胃，就是被怨、恨、恼、怒、烦所苦。所谓五内如焚者，即指此。"

言简意赅，值得深省。信奉任何宗教，无论你如何虔诚祈祷，如自己内心充满怨恨、烦恼、忧愁，菩萨与上帝都不可能赐福于你。所以若要自求多福，必先将心胸打开，驱除所有的情障，便觉海阔天空，现世便是天堂了。

再想想，“有甚闲愁可皱眉”，不免自我失笑。还是引当年恩师赐赠之诗自勉吧：

莫学深颦与浅颦，风光一日一回新。
禅机拈出凭君会，未有花时已是春。

禅机并非玄之又玄，而当从平易的日常生活中体会、领悟。若此心被烦忧恼怒所困，怕老、怕病，患得、患失，哪里还能见得“一日一回新”的“风光”？更无论“未有花时已是春”的境界了。

莫学深颦与浅颦，风光一日一回新。

禅机拈出凭君会，未有花时已是春。

永是有情人

去邮箱取信时，遇到邻居老太太，她亲切地拉着我的手，我们聊了好半天。深秋的寒风吹拂着她的白发，她拉了下围巾，神情黯淡地说："以前都是我那老伴儿出来拿邮件，他就趁此站在外面抽一支烟，抽完了才回来。因为我不让他在屋子里抽烟。现在想想真后悔，他就这一点点嗜好，我为什么不让他舒舒服服坐在家里抽烟呢？"

她想起逝世将近两年的老伴儿，眼中汪着泪水。"头白鸳鸯失伴飞"，她心中的哀痛可想而知。虽然她的女儿在周末都会回来探望母亲，但是夫妻情究竟是无可替代的。

夫妻的相依相守，在年少时是情深似海，到了老年则是义重如山。由海的波涛壮阔到山的稳重不移，是要经历一生的体认的。

最记得当年母亲说过的一个比喻。她说："夫妻的亲密，就像牙齿和舌头。舌头常常被牙齿咬出血来，过了一会儿自然好了。"我听了却生气地说："爸爸远在外地，离你十万八千里，连信都少写回来，有什么牙齿把舌头咬出血来的事呢？"母亲淡然一笑说："离远点也好，眼不见，心不烦，有你就好了。"母亲内心在婚姻上所受的痛苦，岂是我这少不更事的女儿所能体认的？想想母亲一生都在忍与等，忍受丈夫对她的冷落，却又等待他的归来。痛心的是，父母亲一生都没交谈过多少话。可是父亲临终时，紧握不放的却是母亲的手。那最后的一握啊，包含了多少忏悔，多少情意？

那是旧时代的婚姻悲剧，令人不可思议。如今，有的少男少女，由两心相悦而同居、试婚、结婚，而至离婚，由相敬如"宾"到如"冰"，似都不足为奇。是多变的社会形态、淡漠的人情，使人们不再重视婚姻与夫妻情呢，还是"山盟海誓"只是文人笔下的歌颂之词呢？

南宋词人叹息："相思本是无凭语，莫向花笺费泪行。"而今天双方在一通电话里，就可绵绵情话，哪里还用得着"花笺"？一朝不合而分手，也就不会费什么"泪行"了。

但无论如何，男女双方由相爱而结为夫妇，应当是最真挚而且圣洁的。记得一位长者说过幸福婚姻 ABC 的名言：“夫妻要彼此欣赏，连缺点也能欣赏（appreciation），要彼此相依相属（belonging），要彼此信赖（confidence）。在欣赏、相属、信赖中，才能享受无穷幸福。”说得真对。

词人说：“换我心，为你心，始知相忆深。”这个“换”字，不就是推心置腹，相互欣赏、信赖之意吗？说实在的，有情人成眷属不难，成了眷属要永是有情人，才是夫妻间一生一世都得体味的深意啊！

母亲的心情

做母亲的，聚在一起闲谈时，各有各的心情：

一位初为人母的年轻妈妈说："孩子未出生前，天天盼望快点生，生出来以后，婴儿饿了哭，尿湿了哭，一夜要起来好多次，恨不得再把他装回肚子里去。这才知道做母亲的辛苦，才体会到当年母亲的两鬓青丝，是怎样转为白发的。养子方知父母恩，我不由得在心中低唤：'妈妈，我感谢您。'"

另一位母亲说："我天天抱着孩子拍呀摇呀的，总要拍得他不哭才安心。朋友们劝我不要宠坏孩子，我却感到把他心贴心地抱在怀里好安慰，这样幸福的日子并不会长久，所以我宁可尽量地宠他。眼看他一天天长大，心中固然快乐，但想想他长大后就不会天天黏着我了，就宁可他别那么快长大，这是多么矛盾的心情啊！”

一位中年母亲说：“我一儿一女都长大成人了，但都未成家，平时都忙得人影不见。高兴起来，带一群朋友回来吃喝玩乐，忙得我这老妈鸡飞狗跳。想想他们需要你时像儿女，不需要你时像路人。反对你时像冤家，极少极少的时候才像朋友。我就是格外珍惜那像朋友的片刻时光。”

我默默地听着，也想起自己将近中年的儿子，他夫妻两个人各忙各的，使我挂心的倒是儿子很少来电话问候我们二老起居。我忍不住打电话去，他却云淡风轻地说：“我很好呀，你别挂心啦！没给你们打电话是因为工作实在太忙，晚上很迟才回来，倒头就睡了。”

我捏着话筒，木然良久，不知再对他说什么才好，只得轻轻把话筒挂上了，也不愿再对他父亲说。因为他也跟他儿子似的，云淡风轻。“儿孙自有儿孙福”的谚语，他老挂在嘴上，总劝我自娱老境，自求多福。我听了内心更如有所失。谁说是“天下父母心”？我觉得天下只有母亲的心才是苦涩的啊！

想起吾儿幼年时，憨憨的神态如在目前。稍稍长大点以后，我去幼儿园接他回家，他张大双臂扑过来，又哭又笑抱住我的快乐神情。他进了小学，在日记里写：“妈妈牵着我的手，和爸爸一同脚并脚地散步。我和爸爸妈妈真是手足情深啊！”

想着想着，我不禁破涕为笑了。

美国俗语说：“孩子幼年时踩在你脚尖上，长大了踩在你心尖上。”有一天，连心尖都不感到疼痛时，就可瞑目了。

我抬头望窗外，一对鸟儿正在树枝隐蔽处，双双软语商量，营巢生子，又是一对痴心父母啊！每年我都看鸟儿辛苦抚育儿女，看渐渐长大的小鸟离巢而去，听母鸟的啁啾悲鸣，不禁为之心酸泪落。何曾想到这是天道循环的自然现象呢？

再仔细想想，今天社会形态遽变，年轻人对人情世事的体认不同。老年人实在不能以旧时代的亲子情怀责望于下一代了。他们为生活、为事业奋斗以外，心中关爱的是他们的儿女而不是父母。俗语说“儿行千里母心忧，母行万里儿不愁”，一点不错。

我又想起有一位朋友，在参加外孙女的周岁庆宴回来，感慨地对我说：“升级当外祖母当然高兴。但在一批年轻人的欢笑声中，总觉有点格格不入，与他们的观念难于配合。对他们的责望也是多余的。比如说吧，小孙女睡着了，我因见到老友高兴得说话大声了点，女儿连连摇手说：‘妈妈小声点，宝宝睡着了呀。’但我忙累了想在沙发上打个盹儿，孙儿们在屋里翻滚喧闹，却没听我女儿说一声：‘轻一点，外婆睡着了。’”

她叹了口气，又接着说：“我女儿女婿平时工作忙，周末朋友多，晚上谈的都是我不接头的事，我一插嘴问，女儿就说：‘妈，您别问了，跟您说您也不接头的。’说得也是，年轻人和我之间就是有一道沟吧。有时想去看看老朋友谈谈心，又苦于不会开车，等他们顺便带我一下都等不到那点机会，专程送我一趟更别想了。若要朋友接送吧，他们也是跟我一样的老年人啊，怎么忍心劳累人家呢？只好在电话中谈谈了。但打电话也受很大限制：早晚孩子睡着了不能打，白天电话费贵的时段不能打，周末他们电话多，不让我长谈。所以我还是快快回自己的老人公寓吧！”

有一位母亲兴冲冲从台湾来美探望儿女，满心想多住些日子，却很快就回去了。她说：“也许是我这老太婆管教八岁的孙子，使他不开心。他总是问：‘奶奶，你怎么还不回去呀？’说得也是，他那满口的‘嗨’，满口的‘come on’，我还真不习惯呢！不如快快回去和老伴儿拌嘴，相依相守吧。”

一个个的实例，使我相信我家乡的一句俗话：“一代归一代，茄子拔掉了种芥菜。”这也许正是生生不息、日新又新的大道理吧。

在今日，想快快乐乐地做一个现代母亲或现代祖母，必须要学会如何调整自己的心情。总之，天地间的至理就是“爱”，唯有以包容的爱，才能有开阔的胸怀，享受宝贵的亲子之情啊。

老的领悟

老友多年不见，重逢时常会欣慰地说："你跟几年前差不多嘛，没有老啊！"于是兴奋地谈着，渐渐地彼此就会问："你的牙齿拔了几颗？""你的头发是真的还是染的？""你的老花眼镜是多少度啦？"彼此比来比去，然后拊掌大笑说："老啰，到底老啰！"

老，原是极自然的事，但求能顺应自然，健健康康地老，快快乐乐地老，就是福了。

年轻时我最爱纳兰成德感伤的词，他有两句名句云："一种蛾眉，下弦不似初弦好。庾郎未老，何事伤心早？"他是感慨岁月不居，人生苦短。那时我也学著感伤的词：“不记秋归早晚，但觉愁添两鬓，此恨几人同？”大学老师就告诫我说：“不要无病呻吟，年事长大有何可悲？只要保持愉快、进取的心情，就可永葆青春。”如今真的也入老境，明知去日苦多，反觉有限来日，弥足珍贵，也益知加倍自励。

最近接奉八十余高龄教授来书说：“愈是忙碌，反觉精神愈佳，习画兴趣亦愈高，心情亦愈益愉快，相信自己还可以做很多事。”捧读之余，至为欣慰。此教授是我最敬佩的前辈，她六十余年来教育人才，对教育的贡献是尽人皆知的。她的谦冲和蔼、她的诲人不倦，和着她白发皤然的风范，给予每一位接触过她的人以无限温暖。我每于心情低落之时，就取出她充满关怀存问的信来重读，顿觉豁然开朗，人也年轻起来了。足见友情是多么重要，真的是“陈酒最好喝，旧衣服最好穿，老朋友最好说”。

白居易有诗云：“镜中莫叹鬓毛斑，鬓到斑时也自难。多少风流年少客，被风吹上北邙山。”劝世人勿悲老迈，能入老境便是有福。西哲阿米尔说：“懂得怎么老下去，是智慧中的重要课题，也是伟大生活艺术中最难的一事。”这最难的一事，是需要潜心体认，而于其中获得无穷乐趣的。有一位老友给我寄来一诗云：“不信青春唤不回，古稀犹是少年时。诗书卷卷从头读，报国有心永不迟。”是老当益壮的无限远景。

有四句流行的打油诗云："七十不稀奇，八十多来兮。六十小弟弟，五十睡在摇篮里。"比起另一首："人生七十古来少，前除幼年后除老。中间已是不多时，还有一半睡着了。"是完全不同的两种心境，一喜一悲，全在个人的领悟了。